Robert Bielmeier – Der Baum

Über den Autor:

Robert Bielmeier, Jahrgang 1966, lebt mit seiner Familie südlich von München. Seit frühester Jugend begeisterter Geschichtenerzähler, gelangt er über Umwegen zu seiner verborgenen Leidenschaft – das Schreiben von Romanen und Kurzgeschichten.

Weitere Werke des Autors:

Annika & Xaver – Eine wundervolle Begegnung
Annika & Xaver – Die Weihnachtskugeln
Danke Mama!
Danke Papa!
Kalimar – Band 1
Kalimar -- Band 2
Quid pro Quo – Bestimmung
Quid pro Quo -- Erkenntnis
Meine Frau – und ihr dementer Gott (2016)

www.robertbielmeier.de

Bibliografische Information der Deutschen Nationalbibliothek:
Die Deutsche Nationalbibliothek verzeichnet diese Publikation in der Deutschen Nationalbibliografie; detaillierte bibliografische Daten sind im Internet über http://dnb.dnb.de abrufbar.

Gestaltung Cover: Robert Bielmeier

Herstellung und Verlag: BoD – Books on Demand, Norderstedt

ISBN: 978-3-7347-6075-4

Für Gaia

„Du bist weit größer, als meine Sinne reichen!", flüsterte Livia und berührte vorsichtig die Rinde der
mächtigen Eiche. Der Baum schwieg, aber die alte
Frau wusste, dass ihre Freundin verstand. Sie hatte sie
immer verstanden.
Ein ganzes Leben lang!

Robert Bielmeier

Der Baum

Sie stand da und blickte über das Tal. Es hatte sich verändert! Die Welt hatte sich verändert! Aus morgen wurde heute, aus heute Geschichte. So war es immer gewesen, so würde es immer sein.

Ein Bussard erhob sich, glitt geräuschlos den Hang hinab, überquerte einen Bach und hielt auf das kleine Dorf zu, das sich wie eine Liebende an das Flüsslein geschmiegt hatte. Der Raubvogel glitt schwerelos darüber hinweg. Ein paar Flügelschläge später war er kaum noch zu erkennen, verschluckt vom Schatten der aufgehenden Sonne.

Eine übermütige Böe fuhr durch ihr Kleid und ließ sie wohlig aufseufzen. Überrascht wandte sie sich um und blickte dem kleinen Unruhegeist hinterher. Wie ein betrunkener Kobold sauste der Luftikus durch die Bäume, strich über das Gras und war genauso schnell wieder verschwunden, wie er aufgetaucht war. Die schartigen Spitzen des Karwendelgebirges zeichneten sich am Horizont ab, hatten den neuen Tag bereits begrüßt und genossen die ersten wärmenden Sonnenstrahlen.

Es würde ein schöner Tag werden! Obwohl ... was bedeutet schon schön? In ihrem jungen Leben hatte sie schon vieles erlebt, und eins glaubte sie sicher zu wissen: *Die aufregendsten Dinge kleiden sich meist in Unscheinbarkeit und haben ihre Wurzel in kleinen, fast bedeutungslosen Ereignissen.*

Wer konnte wissen, was dieser Tag bringen würde?

--

*L*ivia war neun Jahre alt und eines jener Mädchen, die man einfach lieb haben musste. Zwei wache blaue Augen, die bereits fragend um sich blickten, bevor der Mund auch nur einen Laut von sich gegeben hatte. Die Haare blond wie Stroh und frech zerzaust. Ihre Mutter nannte sie liebevoll *Knuffbold*, was Livias Wesen ziemlich gut traf. Der Kosename war eine Mischung aus knuffig und Kobold. Meist war es für Livia okay, wenn ihre Mutter sie so rief, aber manchmal wurde sie auch wütend. Vor allem, wenn sie sich nicht knuffig fühlte und ernst genommen werden wollte. Dann musste sie sich über Knuffbold schrecklich aufregen. Ihre Backen wurden dann ganz rot und zwischen den Augenbrauen tanzten zwei kleine Falten. Livia mochte es gar nicht, wenn sie wütend war und die Erwachsenen so blöde Dinge wie Wutknöllchen, Grummelbär oder eben Knuffbold sagten. Schließlich war sie wütend; da war kein Platz für Kosenamen. Kein bisschen! Es war schlimm für die Wut, wenn sie nicht ernst genommen wurde. In solchen Momenten hätte Livia vor lauter Ärger platzen können. Um sich abzureagieren musste sie dann zwei, drei Mal mit dem Fuß auf den Boden stampfen und davon rennen, bevor sie jemanden auf den Kopf schlug. Marie, ihrer besten Freundin, hatte sie vor lauter Ärger auf den Kopf gehauen. So richtig, mit der Faust. Bum! Genau so, wie Obelix es manchmal mit den Römern tat. Marie, als auch Mama und Papa fanden das gar nicht lustig. Vierhundert Jahre Hausarrest würde sie bekommen, hatte ihr Vater gedroht, wenn sie so etwas nochmals machen würde.

„Aber sie hat gelacht, als ich wütend war!", hatte Livia erwidert und war überzeugt gewesen, dass dies ein sehr gutes Argument zu ihrer Verteidigung sei. War es nicht, wie Livia nach einem längeren Gespräch mit ihrer Mama schließlich auch einsehen musste. Gewalt war etwas für Dumpfbacken. Und Livia wollte keine Dumpfbacke sein. Deshalb hatte sie den Entschluss gefasst, in Zukunft lieber wegzulaufen, wenn die Wut sie wieder fast platzen ließ.

--

Livia lief so schnell sie konnte. Nicht weil sie wütend oder spät dran war. Sie hatte Angst. Angst vor diesem blöden, kläffenden Köter, der sie verfolgte. Verzweifelt blickte Livia sich um. Der Rauhaardackel war keine zwanzig Meter hinter ihr und hüpfte schnell wie ein Superball durch das knöcheltiefe Gras. Er bellte laut, als er sah, dass sich Livia nach ihm umdrehte. Angst kann unglaublich motivierend sein und so lief Livia noch schneller. Ihre Lungen brannten wie Feuer und sie rang nach Atem. Lange würde sie das Tempo nicht mehr durchhalten. Fieberhaft huschten ihre Augen über den Waldrand. Sie suchte nach einem Baum, auf dem sie sich in Sicherheit bringen konnte. Hunde können nicht klettern. Zum Klettern braucht man Hände oder lange Krallen. Hunde haben nur Beine, aber damit können sie verdammt schnell laufen, auch wenn sie kurz wie bei einem Dackel waren.

Überall nur Fichten, deren dichtes Astwerk nahezu undurchdringlich war. Wie sollte man darauf hochklettern? „Mist!", schimpfte Livia, und genau in diesem Moment sah sie sie. Eine dicke, mächtige Eiche, deren unterster Ast sie hoffnungsvoll anlächelte. Sofort schlug Livia einen Haken. Der Dackel musste keinen Haken schlagen, er kürzte einfach ab. Noch bevor Livia bei der Eiche angelangt war, hatte ihr Verfolger sie erreicht. Der Hund sprang hoch und schnappte nach ihrem Bein. Mit einem Schrei sprang Livia zur Seite. Die spitzen Zähne verfehlten Livias Wade nur knapp, und als ihre Ferse zufällig seine empfindliche Schnauze traf, überschlug sich der Hund.

Erregt rannte Livia weiter zur Eiche. Sie war dick wie ein Auto, und in mehr als zwei Metern Höhe reckte sich ihr der rettende Ast entgegen. Das würde sie nie schaffen, schoss es Livia durch den Kopf, aber das wütende Gebell hinter ihr ließ ihr keine Wahl. Sie musste es versuchen. Gerade, als sie abspringen wollte, hatte sie eine Idee. Anstatt einfach hochzuspringen, rannte sie weiter bis zum Stamm und nutzte dessen knorrige Rinde als Absprungbrett. Zu ihrem Glück rutschte ihr Fuß nicht ab. Wie ein Katapult schoss sie nach oben und schaffte es, ihre Arme um den Ast zu schlingen. Mit letzter Kraft zog sie sich hinauf. Ihr Herz raste wie ein D-Zug, als sie hinunter auf den wütend bellenden Dackel blickte. Wie ein Berserker tobte der kleine Hund um den Baum herum.

„Hahaa!", schrie Livia und haute mit der flachen Hand auf den Ast, dass es knallte. „Da kommst du nie hoch, du blöde Kröte, Beine ohne Krallen können nämlich nicht klettern."

Als ob der Dackel sie verstanden hätte, hielt er abrupt in seinen Bemühungen inne. Wie versteinert stand er am Fuße der Eiche, die Vorderpfoten gegen den Stamm gestemmt, und blickte dümmlich zu Livia hinauf.

„Da schaust du, was?", rief Livia und streckte ihrem Verfolger die Zunge heraus.

Der Dackel legte den Kopf quer und langsam kam wieder Leben in seine versteinerten Glieder. Erst wedelte er mit dem Schwanz, dann lief er schnüffelnd ein paarmal um den Baum herum. Als ihm nichts Besseres einfiel, legte er sich direkt unter Livia ins Gras. Die Schnauze auf den Vorderpfoten ruhend, spähte er zu ihr hinauf. Sobald Livia sich bewegte, hob er knurrend den Kopf.

Blöd, dachte Livia und blickte sich um. Aber weit und breit war kein Mensch zu sehen. Das Dorf war zu weit weg, als dass man sie hören könnte, wenn sie um Hilfe rufen würde. Egal, sollte der doofe Hund doch Wache halten. Sie hatte Zeit und würde jetzt erst mal ihren Retter erkunden. Livia kannte sich mit Bäumen gut aus und hatte sofort gewusst, dass es sich bei dem dicken Baum um eine Eiche handelte. War ja auch nicht schwer. Direkt neben ihr, in einer kleinen Mulde, lagen vielsagend ein paar Eicheln. Livia blickte nach oben. Schräg über ihr ragte ein dicker Ast aus dem mächtigen Stamm. Er verlief fast waagrecht und reichte mindestens zehn Meter weit hinaus. Geschickt kletterte Livia hinauf. „Du bist aber schön!", flüsterte sie und machte es sich in der Astgabel bequem. Der dicke Stamm verzweigte sich an dieser Stelle und zusammen mit dem mächtigen Ast bildeten sie eine Art Schutzschild. Perfekt, um sich dahinter zu verstecken.

Plötzlich stutzte Livia. An der Stelle, wo sich der Hauptstamm entzweite, befand sich ein kleiner Spalt. Gerade so groß, dass man die Hand hineinstecken konnte. Die Spalte war mit Moos und Flechten überwuchert. Zaghaft betastete sie die Öffnung. Als sich Livia mit der anderen Hand aufstützte, brach sie durch das Moos und kippte vornüber. Im letzten Moment konnte sie sich noch auf die Seite rollen. Erschrocken klammerte sie sich an einem Ast fest. Der Dackel bellte und blickte erwartungsvoll zu ihr hinauf.

Erwartungsvoll reckte Livia den Hals. Wie tief es hier wohl hinunter ging? Doch die Höhle wollte ihr Geheimnis nicht so einfach preisgeben und verhüllte sich in undurchdringlicher Schwärze. Behutsam untersuchte Livia den Rand des Loches. Er war weich und bestand aus einem Geflecht aus Rinde und Moos. Entschlossen brach sie ein Stück davon ab und betrachtete es. Der Dackel bellte immer noch.

„Willst du?", rief Livia und warf das Geflecht hinunter. Der Rauhaardackel sprang auf und schnappte danach. Wütend schleuderte er seine Beute hin und her. Die Rinde zerbröckelte und viel zu Boden. Nachdem er den Angreifer erlegt hatte, schnüffelte der Hund aufgeregt daran herum.

Livia schüttelte den Kopf und wandte sich wieder ihrem Geheimversteck zu. Das war es nämlich, hatte sie beschlossen. Eine geheime Höhle, die nur sie kannte. Nach und nach vergrößerte sie die Spalte, während der *Killerdackel* ein Beutestück nach dem anderen erlegen durfte. Als die Öffnung groß genug war, steckte Livia den Kopf hinein. Der Hohlraum unter ihr war etwas mehr als einen Meter tief und so breit, dass sie bequem darin Platz finden würde. Nach unten hin weitete sich die Spalte ähnlich wie eine Flasche. An einer Stelle drang ein zarter Lichtstrahl durch die Rinde. Auf dem Grund des Lochs hatte sich etwas Wasser gesammelt.

„Cool", raunte Livia und machte sich daran, sich durch die Spalte zu zwängen. Sie musste unbedingt wissen, woher das Licht kam. Sekunden später wusste sie es. Eine dünne Ritze gab den Blick nach draußen frei. Wenn man genau hinsah, konnte man in der Ferne das Dorf erkennen.

„Halloooo!", rief Livia und lachte laut auf. Draußen bellte der Dackel und sauste wie verrückt um den Baum herum.

--

Livia hatte eine neue Freundin gefunden, und wann immer es ihre Zeit erlaubte, stattete sie der Eiche einen Besuch ab. Im Internet hatte sie nachgelesen, dass, wenn ein großer Baum von einem Blitz getroffen wurde, es vorkam, dass er nicht ganz abbrannte, sondern das Feuer vom Regen wieder gelöscht wurde. Dann blieb oftmals ein großer Hohlraum zurück, der über die Jahre hinweg komplett zuwachsen konnte. Genau so musste es bei ihrer Eiche gewesen sein.

Ihr Geheimlager machte Fortschritte. Inzwischen hatte sie eine kleine Holzkiste, eine Kerze, ein Feuerzeug, eine Taschenlampe, ein Messer und eine Flasche mit Wasser in ihr Versteck gebracht. Außerdem hatte sie sich ein Brett zurechtgeschnitten und es in mühevoller Schnitzarbeit genau an die Spaltenöffnung angepasst. Seitdem sammelte sich so gut wie kein Wasser mehr auf dem Grund der Höhle.

Auch das Problem mit dem Hochklettern hatte sie inzwischen lösen können. Ohne Hund im Nacken benötigte sie immer mehrere Versuche, bevor sie es schaffte. Um am Stamm nicht abzurutschen, hatte sie unterhalb des Astes eine Kerbe in die dicke Borke der Eiche geschnitzt. Doch damit nicht genug. Ein paar Meter neben der Eiche wuchs ein dorniger Brombeerbusch. Darunter hatte Livia ein kleines Loch gegraben, in dem sie ein Seil versteckte. Sie musste einen ganzen Nachmittag üben, aber schließlich hatte sie mit Hilfe des Seils und der Kerbe eine Technik entwickelt, um den Ast schnell zu erklimmen.

Auch heute, gleich nach dem Mittagessen, war Livia wieder zur großen Eiche gegangen. Bisher hatte sie niemanden von ihrem Geheimversteck und von ihrer neuen Freundin erzählt – und das sollte auch so bleiben. Die Eiche war ihr Geheimnis.

Livia hatte inzwischen den ganzen Baum erforscht und war teilweise gefährlich hoch hinaufgeklettert. Gut, dass ihre Mama das nicht sehen konnte.

Vergnügt saß Livia in einer der oberen Astgabeln und blickte über das weite Land. Heute war ein wunderschöner Tag. Ein Tag, um etwas Besonderes zu tun. Sie wollte ihrer neuen Freundin einen Namen geben. Aber das war gar nicht so leicht. Ein passender Name musste erst mal gefunden werden. Sie wusste ja nicht einmal, ob es männliche und weibliche Eichen gab. Und wenn ja, welches Geschlecht war denn dann ihr Baum? Egal, dachte sich Livia, sie würde den Namen wählen, der ihr am besten gefiel. Doch sosehr sie auch nachdachte, es wollte ihr einfach kein passender einfallen. Livia war schon ziemlich unglücklich, als sie eine Idee hatte. Sie rückte ganz eng an den Stamm heran und umarmte ihn. Dann schloss sie die Augen.

„Hilf mir, du lieber Baum", flüsterte sie und drückte ihr Ohr an die knorrige Rinde. „Ich würde gern wissen, wie du heißt."

Livia hielt die Luft an und wartete. Nichts geschah, stattdessen bemerkte sie eine seltsame Kraft. Sie ging von dem dicken Stamm aus und hatte sie sogleich durchdrungen. Erschrocken wich sie zurück. Was war das? Unentschlossen saß sie auf ihrem Ast und betrachtete den Baum. Vorsichtig berührte sie den Stamm mit einem Finger. Nichts. Schließlich siegte die Neugierde über ihre Scheu, und behutsam umarmte sie den Stamm aufs Neue. Dieses Mal war sie vorbereitet und wich nicht zurück. Eine kraftvolle Energie durchdrang sie, und ihr war, als würde ihr Herz mit einem Mal langsamer schlagen und Zeit zum Stillstand kommen. Livia war wie verzaubert und wiederholte im Geist erneut ihre Frage. *Sag mir deinen Namen, Baum*, dachte sie so fest sie konnte und kniff die Augen zusammen. Wieder geschah nichts, einzig die Blätter raschelten etwas, aber darin war kein Name zu erkennen. Weit unter ihr hoppelte ein Hase über die Wiese, blieb kurz stehen und war gleich darauf wieder verschwunden. Auch das half ihr nicht weiter. Doch Livia wollte nicht aufgeben. Sie würde nicht eher nach Hause gehen, bevor die sture Eiche ihr ihren Namen verraten hatte. Sie konnte noch viel dick-köpfiger sein, beschloss Livia und machte es sich in der Astgabel bequem. Es dauerte nicht lange und sie war eingeschlafen.

„Aufwachen!"
Livia erschrak so sehr, dass sie fast vom Ast gefallen wäre. Müde rieb sie sich die Augen und blickte sich um. Niemand zu sehen. Erschrocken stellte sie fest, dass es dunkel geworden war. Das würde Ärger geben. Be-stimmt machten sich ihre Eltern schon Sorgen. So schnell sie konnte, kletterte sie hinunter, versteckte das Seil unter dem Brombeerbusch und rannt davon. Doch plötzlich stockte sie und lief zurück zur Eiche.
„Danke, Saiopara, dass du mich geweckt hast!", rief sie, wandte sich um und war verschwunden.

--

Nachdenklich blickte die Eiche dem davonstürmenden Mädchen hinterher. Wer hätte gedacht, dass sie dem kleinen Menschenkind ihren Namen verraten würde? Warum sie es getan hatte, wusste sie nicht. Es war ein Gefühl gewesen. Ein Gefühl von Wärme und Vertrautheit, das sie von der untersten Wurzelspitze bis in das äußerste Ende ihre Zweige durchflossen hatte. Ihr Name war bei der Kleinen gut aufgehoben, da war sie sich ganz sicher. Und wer weiß, vielleicht würde ja mehr daraus werden. Sie hatte in ihren hundertvierunddreißig Lebensjahren schon Seltsames gehört. Auch von Bäumen, die mit Menschen sprachen. Aber das geschah nur noch selten. Die Menschen hatten einfach keine Zeit mehr. Alles und jeder war fortwährend in Eile. Man konnte fast glauben, dass die Uhren im neuen Jahrtausend schneller tickten. Sogar den Kindern ging alles zu langsam. Früher hatten wenigstens sie noch Zeit gehabt. Und heute? Ständig eilten sie von einem Termin zum nächsten, machten mehrere Dinge gleichzeitig, wurden unruhig, wenn sie keine Beschäftigung hatten. Langeweile, dieses kreative Geschenk, war selten geworden. Nur innezuhalten und zu beobachten, war ihnen kaum mehr möglich. Wie sehr sich die Menschen doch von den Bäumen unterscheiden, dachte Saiopara. Gerade das Beobachten war es doch, was so ein Baumleben ausmachte. Zu verweilen, sich Gedanken zu machen, abzuwägen, aber den Dingen ihren Lauf zu lassen. Saiopara liebte es, zu beobachten. Sie betrachtete das Spiel der Wolken, die Sonne bei ihrer täglichen Wanderung, den Hasen, wenn er um ihren Stamm hoppelte, die Hummeln und Bienen, wie sie summend durch die Luft schwirrten. Oder sie hörte den Vögeln zu, wie sie sich aufgeregt unterhielten und sich über den Bussard beschwerten, der sie immer zur Achtsamkeit zwang. Sie beobachtete, wie sich der morgendliche Tau auf ihren Blättern sammelte und langsam hinabtropfte. Überall geschahen Wunder, tagtäglich, aber die Menschen hatten keine Zeit mehr, sich daran zu erfreuen. Das machte Saiopara ein wenig traurig. Sie hatte viele Menschen kommen und gehen sehen. Hatte viel Leid und viel Freude mit ihnen geteilt – ohne dass diese es wussten. Bäume konnten die Menschen hören, über große Entfernungen hinweg; sie mussten sich nur darauf einlassen. Wenn sich Saiopara konzentrierte, konnte sie verstehen, worüber die Menschen im Dorf sprachen. Mehr noch. Sie konnte deren Empfindungen spüren. Manchmal war das sehr schön. Meist eher nicht. Die Unruhe der Menschen verwirrte sie. Deshalb besuchte sie das Dorf nur noch selten. Zu viel Streit, zu viel Lärm, zu viele Eindrücke. Für eine Eiche war das zu hektisch. Sie liebte die Ruhe, die Einfachheit. Sie war schließlich keine Haselnuss oder gar eine Pappel. Nein, nein, es war klüger, sich immer nur einer Sache hinzugeben, dafür aber richtig!

Livia war anders! Das hatte Saiopara bereits geahnt, als das kleine Mädchen Zuflucht bei ihr gesucht hatte. Die Kleine war so voll von Angst gewesen, dass sie gar nicht bemerkt hatte, wie sich ihr der unterste Ast ein klein wenig entgegengeneigt hatte. Menschen bemerken so vieles nicht! Vor allem, wenn sie abgelenkt sind. Sie sehen meist nur das, was ihr Verstand sehen möchte.

Aber Livia war wiedergekommen, wollte mehr sehen, mehr erfahren, hatte wohl gefühlt, dass hier vieles zu entdecken war. Wie ein kleiner Affe war sie auf ihr herumgeklettert. Hatte jeden Ast erkundet, sie gestreichelt

– welch Wonne! –, mit ihr gesprochen und ihr erzählt, was in ihrem kleinen blonden Kopf so alles vorging.

Das war ein Anfang, dachte Saiopara und kräuselte sich, dass es raschelte. Ein Name war ein Anfang.

--

Eine dicke Schneeflocke fiel Livia direkt auf die Nase. Sie zuckte kurz zusammen, bevor sie sie wegblies. Zurück blieb ein Wassertropfen.

„Hallo, du kleiner Störenfried!", gurrte sie und wischte ihn weg. Die Hängematte schaukelte ein wenig. Livia zog ihr Handy aus der Tasche und blickte auf die Uhr. Sie hatte noch etwas Zeit. In knapp einer Stunde musste sie wieder zuhause sein, dann würden ihre Cousins und ihr Lieblingsonkel zu Besuch kommen.

Ihre Mama hatte einen *Kalten Hund* gebacken – das war ihr absoluter Lieblingskuchen. Ein Traum aus Schokolade, Nutella, Butterkeksen und Mandelsplitter. Warum so ein Kuchen *Kalter Hund* hieß, wusste sie nicht. War ja auch egal.

„Schade, dass du nicht mitkommen kannst, Saiopara", flüsterte Livia und fuhr mit ihrem Zeigefinger zärtlich über einen knorrigen Zweig. „Ich habe heute Geburtstag. Es gibt Kuchen und so. Aber du magst bestimmt keinen Kuchen – falls doch, bringe ich dir morgen ein Stück vorbei. Du musst nur mit der Baumspitze wackeln, dann weiß ich, dass du mich verstanden hast."

Erwartungsvoll blickte Livia zur Baumkrone hinauf, aber nichts geschah. Livia zuckte mit den Schultern, streckte ihre Hand aus und schubste sich an einem dicken Ast ein wenig an. Mit einem leisen Knarzen wippte die Hängematte hin und her. Zu ihrem zehnten Geburtstag, genau vor einem Jahr, hatte sie die Hängematte geschenkt bekommen. Es war eine große Hängematte. So groß, dass darin locker zwei Personen Platz fanden. Sie war beige und mit einem erdbraunen Muster verziert. Es gab sicherlich schönere Hängematten, aber Livia hatte sich genau diese Farbe gewünscht. Mit ihr war sie zwischen all den Ästen so gut wie unsichtbar. An den Enden hatte sie Karabiner an zwei verstellbaren Spanngurten angebracht. Damit konnte sie die Hängematte an fast jeder beliebigen Stelle aufhängen. Heute hatte sie zwei dicke Äste gewählt, fast zehn Meter über dem Boden. Wenn ihre Mama das sehen würde, wäre ein hysterischer Schreianfall, Stärke zehn, die Folge. Ach, dachte Livia vergnügt, wenn Eltern immer wüssten, was ihre Kinder so treiben, dann würden sie noch viel mehr verbieten. Okay, sie wusste ja auch, dass das Ganze nicht ungefährlich war. Einmal unachtsam, und schon …

„Elf", sagte Livia automatisch und schaute sich verwundert um. Sie hob den Kopf und blickte auf die verschneite Wiese hinunter. Dort war aber niemand. Komisch, sie hatte es genau gehört, jemand hatte sie nach ihrem Alter gefragt.

Mit einem Seufzer ließ sie sich wieder in die Hängematte zurückfallen. Es schneite immer noch leicht, mit wenigen, dafür aber großen flauschigen Flocken. Livia überkam ein seliges Gefühl von Ruhe und Vertrautheit. Hier oben war sie ganz allein. Der Schnee schluckte alle Geräusche. Schneeleise lag die Welt zu ihren Füßen. Über ihr waren nur ein paar Zweige und tausende quirliger Schneeflocken, die aus einem grauen Meer von Wolken auf sie herabfielen. Livia konnte die Magie der Eiche spüren. Fühlte ihre ruhige Energie und die pulsierende Schwingung ihrer Lebenskraft.

„Du bist wunderbar, Saiopara", raunte Livia und versetzte ihrer Hängematte einen weiteren Stoß.

Saiopara, dachte sie, was für ein seltsamer Name. Livia hatte sich schon oft gefragt, wie sie darauf gekommen war. Sie wusste es nicht. Er war auf einmal in ihrem Kopf gewesen. Einfach so. Eingeschlafen, aufgewacht, Namen gewusst. Saiopara war ein guter Name, da war sich Livia sicher.

Ein paar Meter über ihr landete eine Amsel. Der Zweig neigte sich gefährlich weit nach unten. Etwas Schnee rutschte herab und fiel in die Hängematte. Erwartungsvoll blickte der kleine Vogel zu Livia hinunter.

„Hallo Frechdachs!", rief Livia und zwinkerte der Amsel zu.

Der Vogel drehte den Kopf und befand nach ein paar Sekunden, dass Livia nicht gefährlich war. Mutig streckte er den Hals und stieß einen hellen Pfiff aus. Dann, mit einem Ruck, spreizte er die Flügel und flog davon.

Livia lächelte leise und beschloss, ebenfalls aufzubrechen. Schließlich erwarteten sie zuhause ein superleckerer Kuchen und ein köstlich heißer Zitronentee.

--

Der etwas übergewichtige Junge blieb stehen und stützte sich schwer atmend an einem Baum ab. Mit dem Ärmel seines Hoodies wischte er sich etwas Speichel vom Kinn. Laufen war nicht seine Sache. Sport generell nicht. Nachdem er wieder zu Atem gekommen war, blickte er sich um. Wo hatte sich Livia versteckt? Sie musste hier irgendwo sein.

„Conny!", rief er laut und lauschte.

„Ich bin hier, Thomas."

Der Junge blickte sich um und sah seine Schwester hinter einer Eiche hervortreten. Sie winkte aufgeregt.

„Sie ist hier", keuchte Conny und wies mit der Hand nach oben.

Thomas lächelte zufrieden. Livia würde ihnen nicht entkommen. Mit einem schadenfrohen Grinsen holte er eine Schere aus seiner Jackentasche und fummelte damit in der Luft herum.

„Hier kommt dein Friseur, mein Täubchen!", schrie er und stapfte zu der Eiche hinüber.

Saiopara spürte den rasenden Herzschlag in Livias Brust. Die Angst, die sie nur stoßweise atmen ließ.

Ruhig, mein Baummädchen, ganz ruhig. Nichts ist es wert, sich solche Sorgen zu machen.

Irritiert hob Livia den Kopf und blickte in die Baumkrone. Suchend. Hoffend. Ihr Puls beruhigte sich. Dann drohte der Junge damit, dass er sie mit Gewalt holen würde, wenn sie nicht gleich herunterkomme, und schon nahm die Angst sie wieder in Besitz.

Saiopara konzentrierte sich und bündelte die Kraft ihrer Gedanken in das Mädchen. Eine Welle aus Zuversicht und Gelassenheit durchströmte Livia, und ohne dass sie wusste warum, wurde sie wieder ruhiger. Regungslos stand sie auf dem untersten Ast und blickte abwartend zu den Geschwistern hinunter.

So ist's gut, Livia, so ist gut.

Der Junge drohte. Livia erwiderte nichts. Sie stand einfach nur da und beobachtete die beiden. Als Thomas hochsprang und nach dem Ast griff, trat Livia ihm auf die Finger. Er schrie auf und stürzte zu Boden. Das Ganze wiederholte sich noch zweimal. Dann ging das Mädchen zu ihrem Bruder und flüsterte ihm etwas ins Ohr. Der dachte einen Augenblick nach und grinste. Kurz darauf war Conny verschwunden.

Etwas Kaltes, Böses traf Saiopara, und sie wusste sofort, dass es die Gedanken des Jungen waren. Ihr schauderte ein wenig, doch hatte sie sich sogleich wieder beruhigt. Was geschehen musste, würde geschehen. Es war müßig, sich darüber Gedanken zu machen. Sorgen wurden größer, wenn man ihnen Aufmerksamkeit schenkte.

Bald kam das Mädchen mit einer Tasche zurück. Der Junge hatte zwischenzeitlich kleine Zweige gesammelt und sie um die Eiche herum aufgeschichtet.

Saiopara wusste bereits, was die beiden vorhatten. Es war an der Zeit, etwas zu unternehmen. Hierfür musste sie jedoch Livia sich selbst überlassen. Ein Gedanke, der ihr ganz und gar nicht gefiel. Sie zögerte, bevor sie sich entschied und ihre Gedanken von Livia löste.

Bin gleich wieder da, raunte sie, aber Livia konnte sie nicht verstehen. Sie spürte nur, dass plötzlich alles anders war.

„Das könnt ihr nicht machen!", schrie Livia und stampfte mit dem Fuß auf, als Thomas Benzin über die Zweige goss und ein Feuerzeug hervorholte. Mit einem schiefen Grinsen blickte er zu Livia hinauf.

„Ich zähle jetzt bis zehn. Wenn du dann immer noch da oben hockst, werde ich dir und deinem Baum ein wenig einheizen."

„Nein, bitte mach das nicht!", flüsterte Livia und wusste, dass Thomas genau das tun würde.

Plötzlich war sie wieder da. Die Panik, die Angst. Vorbei war es mit dieser inneren Gelassenheit, die sie noch vor wenigen Sekunden in sich gespürt hatte. Dieses Vertrauen in sich und die Welt, dass die Dinge sich fügen würden.

„Eins, zwei, drei …" Das Feuerzeug klickte und eine Flamme züngelte empor.

„… sieben, acht …"

Livia war hin- und hergerissen. Was sollte sie tun? War Eichenrinde schwer entflammbar? Sie wusste es nicht. Vielleicht war die oberste Schicht feuerfest? Aber wenn nicht?

Thomas bückte sich und schnappte sich einen Ast, dessen Spitze vom Benzin getränkt war. Er brannte sofort lichterloh. Mit einer lässigen Handbewegung warf er ihn zu den anderen Ästen. Explosionsartig und mit einem lauten Zischen entzündeten sich die Zweige.

Livia konnte nicht anders, sie musste springen. Mit einem Aufschrei stürzte sie sich in die Tiefe. Ihre Stiefel trafen Thomas an der linken Schulter und schleuderten ihn zu Boden. Wie der Blitz war Livia wieder auf den Beinen und hieb mit den Füßen in die brennenden Zweige. Kometengleich schossen diese in alle Richtungen davon. Bei dem Versuch, das Feuer zu löschen, hetzte Livia wie ein Berserker um den Baum. So lange, bis Thomas sie am Arm packte und zu Boden riss. Hart schlug sie mit dem Kopf auf. Ihr wurde schwarz vor Augen.

Benommen lag Livia am Boden. Thomas thronte wie ein Grabstein auf ihr, hatte sein Knie zwischen ihren Schulterblättern platziert und drückte sie zu Boden. Livia rang nach Atem. Wie konnte ein Mensch so schwer sein? Mit aller Kraft versuchte sie sich zu befreien, stemmte ihre Hände so fest in den feuchten Waldboden, dass sie ein paar Zentimeter einsanken. Vergebens.

Sie hörte, wie Conny irgendetwas zu ihr sagte, dann sah sie ein Büschel Haare zu Boden fallen. Blonde Haare. Es waren ihre.

Eine Träne löste sich aus Livias Auge und kullerte verloren ihre Wange hinab. Wieder brüllte das Mädchen sie an. Aber Livia hörte es nicht. Sie fühlte sich plötzlich nicht mehr allein. Alles war gut! Alles war gut! Es gab keinen Grund, sich Sorgen zu machen.

Veränderung birgt immer auch Neues in sich. Am Anfang mag es dir schwerfallen, nach einer Zeit chaotisch erscheinen, aber am Ende wird es wunderschön sein. Veränderung ist Entwicklung!

Überrascht hob Livia den Kopf. Wer sprach mit ihr? Veränderung birgt was? Verstört, ließ sie sich die Worte nochmals durch den Kopf gehen. Suchte nach einem Grund, um Angst zu haben.

Haare wachsen wieder nach, ebenso wie Zweige!

Wovor hast du Angst?

Nach Chaos folgt Wunderbares, dachte Livia und spürte, wie alles leicht wurde.

„Haare wachsen wieder", flüsterte sie, und aus einem unerklärlichen Grund musste sie lachen.

Entgeistert blickten die beiden Geschwister sie an.

Conny hatte sich als Erste wieder gefasst. „Das heißt wohl, sie will mehr!", rief sie und griff nach Livias Pony. Gerade, als Conny die Schere auf Livias Stirn ansetzte, traf sie ein heftiger Tritt an der Schulter. Schmerzvoll schrie Conny auf und rollte über den Boden.

„Ich gebe dir drei Sekunden", drohte eine ruhige, kalte Stimme.

„Alex?", platzte es aus Thomas hervor. Angst schwang in seiner Stimme mit. „Was …?"

„Eins, zwei …"

Mit einer Schnelligkeit, die Livia ihm nicht zugetraut hätte, sprang Thomas auf und wich ein paar Meter zurück.

„Pack deine Schwester ein und verzieh dich!"

„Aber …", erwiderte Conny, die sich ächzend aufgerafft hatte und die Schere drohend hob.

Doch ihr Bruder kam ihr zuvor. Er packte sie an der Schulter und zog sie mit sich.

„Ihr habt etwas vergessen!", fauchte die Stimme und ein schwerer Stiefel kickte den leeren Benzinkanister zu ihnen hinüber.

Hastig schnappte sich Thomas den Kanister und rannte davon. Conny folgte ihm murrend.

Livia war verwirrt. Was geschah hier? Noch immer spürte sie die tiefe Ruhe in sich. Ihr war, als würde sie alles in Zeitlupe erleben. Verdutzt blickte sie den beiden Geschwistern hinterher.

„Bei dir alles okay?", wollte dieselbe Stimme von zuvor wissen, nur dass sie jetzt sehr freundlich klang. Eine Hand griff vorsichtig nach ihrer und half ihr auf.

Livia stöhnte. Ihr ganzer Rücken schmerzte, als ob eine Horde Rinder darübergelaufen wären. Und plötzlich musste sie weinen. Mit wackeligen Armen stemmte sie sich hoch. Durch ihre von Tränen verschwommenen Augen konnte sie einen großen Jungen erkennen. Sein Gesicht war von der Sonne gebräunt und er trug eine schwarze lederne Pilotenjacke. Seine dunklen Augen musterten sie aufmerksam.

„Kannst du sprechen?", wollte er wissen und zwinkerte ihr aufmunternd zu.

Livia nickte. Sie schämte sich. Zu heulen wie ein kleines Mädchen, war ihr unendlich peinlich.

„Alles okay", presste sie hervor und wischte sich die Augen trocken.

„Nichts ist okay", widersprach ihr der Junge. „Die beiden haben dir ganz schön zugesetzt. Wie feige muss man eigentlich sein …?"

Wütend biss sich der Junge auf die Lippen. Sein Blick wanderte zum Dorf. Für einen Moment glaubte Livia, dass er gleich losrennen und die Geschwister verfolgen würde. Aber sie wollte nicht, dass er wegrannte. Alles war gut. Nichts von Bedeutung war geschehen. Das heißt, vielleicht geschah gerade jetzt etwas von Bedeutung. Nein, Livia wollte nicht, dass er wegrannte. Nicht jetzt. Unter gar keinen Umständen.

„Wie heißt du?", flüsterte sie, um ihn abzulenken.

„Was?", erwiderte der Junge und wandte sich ihr zögernd zu. „Ach so, Alex."

Livia zuckte mit den Schultern. Stimmt. Ihr war, als hätte sie den Namen vorher schon gehört, aber der Anblick des Jungen lähmte offensichtlich ihre Gehirnzellen. Er sah unglaublich gut aus. Solche Jungs kannte sie nur aus Modemagazinen. Typen wie ihn gab es eigentlich gar nicht. Trotzdem, der hier schien echt zu sein.

„Das war mutig von dir", unterbrach Alex ihre Gedanken. Er hatte die verkohlten Äste, die angeschmorte Eiche gemustert und daraus kombiniert, was vorgefallen war. *Er ist nicht nur hübsch, sondern auch clever,* dachte Livia. Vergiss es, schoss es ihr durch den Kopf. Der ist mindestens schon zwanzig.

„Die Borke der Eiche ist so gut wie feuerfest. Das Feuer hätte ihr nichts ausgemacht. Du hättest nicht eingreifen müssen."

Livia verzog das Gesicht und betrachtete wehmütig den blonden Haarschopf, der vor ihr auf dem Boden lag.

„Danke für den Tipp, das nächste Mal bleibe ich oben."

„Ups", erwiderte Alex, der ihrem Blick gefolgt war, bückte sich und hob die abgeschnittenen Haare auf.

„Du hattest schöne Haare."

„Kannst sie behalten, wenn du möchtest."

Alex lächelte. Es war mit Abstand das schönste Lachen, was Livia je gesehen hatte.

„Mache ich glatt. Wie heißt du eigentlich?"

„Livia."

„Und wie alt bist du?"

„Hallo, wird das ein Verhör?"

„Nein, natürlich nicht. Musst ja nicht antworten."

„Ist schon in Ordnung. Ich bin fünfzehn, das heißt, fast schon fünfzehneinhalb."

Wieder dieses verzaubernde Lächeln. Es machte sie ganz nervös.

„Fünfzehn? Du siehst älter aus. Warum haben die das gemacht?", wollte Alex wissen und zeigte mit dem Finger auf ihren Kopf.

„Sieht bescheuert aus, oder?" Livia war wirklich nicht eitel, aber warum musste sie diesem Jungen genau dann begegnen, wenn sie wie eine zernagte Klobürste aussah? Unsicher fuhr sie sich durch die Haare.

Alex zuckte mit den Schultern. „Ist doch egal. Die wachsen nach. Du bist hübsch genug, um das wegzustecken."

War das ein Kompliment? Livia war sich nicht sicher. Egal, auf alle Fälle tat es gut.

„Danke noch mal. Wenn du nicht gekommen wärst, hätten die mich wahrscheinlich skalpiert."

„Kein Problem", erwiderte Alex und winkte mit der Hand, als ob er einen Stein über die Schulter werfen würde.

Dann erzählte sie Alex, weshalb Conny und ihr Bruder hinter ihr her waren. Diese leidige Geschichte mit Sascha und dass sie, Livia, die große Liebe seines Lebens sei. Große Liebe! Sascha war gerade mal sechzehn und sie empfand nichts für ihn. Nicht so Conny, für sie war er die Erfüllung ihrer Träume. Verliebte reagieren manchmal komisch, wenn sie abgewiesen werden. Conny gab ihr die Schuld an ihrer unerwiderten Liebe und dachte, dass eine entstellte Livia den Weg für sie freimachen würde.

Alex nickte und murmelte etwas von Mädchengezicke, Neid und Dummheit.

„Hm", erwiderte Livia und versuchte das Thema zu wechseln. Jetzt über Conny und Sascha zu sprechen war sicherlich das Letzte, was sie wollte.

„Warum bist du hier hochgestiegen? Ich meine, hier führt kein Weg rauf."

„Keine Ahnung. Ich wollte einen Freund besuchen, und aus irgendeinem Grund ist mir heute die Eiche aufgefallen. Ich hatte plötzlich das Bedürfnis, sie mir näher anzusehen."

Nachdenklich musterte Alex die Eiche. Betrachtete sie skeptisch, gerade so, als ob sie ihm etwas zu verbergen hätte.

Überrascht blickte Livia auf. „Du magst Eichen?"

„Na ja, normaler Weise sind mir Bäume egal. Ich finde sie schön, bin aber sicherlich kein Baumliebhaber. Keine Ahnung, warum ich hier hochgestiegen bin. Ist eigentlich ziemlich seltsam, wenn ich darüber nachdenke."

„Vielleicht hast du etwas gehört. Ich meine, so im Unterbewusstsein."

Wieder zuckte Alex mit den Schultern, vermutlich eine Angewohnheit von ihm.

„Was machst du, wenn du keine Mädchen vorm Skalpieren rettest?"

„Schule. Abi steht dieses Jahr an."

„Jetzt echt? Wie alt bist du denn?"

„Hallo, wird das ein Verhör?", ahmte Alex Livia nach.

„Du siehst älter aus. Ich würde dich auf über zwanzig schätzen."

„Ich werde nächsten Monat achtzehn und dann gehört mir die Welt."

Ein vielsagendes Lächeln erschien auf Alex' Gesicht. Um seine Augen bildeten sich ein paar lustige Falten.

Plötzlich ertönte ein leises Summen. Alex griff in seine Jackentasche und holte ein Handy heraus. Mit zusammengekniffenen Augen überflog er das Display. Dann tippte er schnell etwas ein.

Als er fertig war, blickte er Livia an. Etwas Wehmut spiegelte sich in seinen Augen wieder. „Ich muss gehen. Mein Kumpel – er wird langsam ungeduldig."

Schade, dachte Livia, sie hätte sich gerne noch etwas länger unterhalten. Verlegen stand sie vor ihm und wusste nicht so recht, was sie sagen sollte. Das heißt, eigentlich wusste sie genau, was sie sagen wollte – aber dazu fehlte es ihr an Mut. Und so presste sie nur ein leises Okay raus und reichte Alex die Hand.

Er grinste amüsiert, schob ihre Hand beiseite und umarmte sie.

„Pass auf dich auf", flüsterte er ihr ins Ohr „und bleib cool wegen deiner Haare. Die wachsen wieder nach." Dann wandte er sich um und lief davon.

Livia raffte all ihren Mut zusammen. „Sehe ich dich wieder?", rief sie, kurz bevor er außer Hörweite war.

Alex drehte sich im Gehen um. „Klar, ich weiß ja, wo ich dich finden kann."

Er sagte noch irgendetwas, aber Livia konnte es nicht verstehen. Hin- und hergerissen, ob sie ihm nachlaufen sollte, trat sie von einem Bein aufs andere. Aber letztendlich hielt ihr Stolz sie davon ab.

„Schade", flüsterte sie und blickte Alex nach, bis er hinter den ersten Häusern verschwunden war. Sie fühlte sich etwas verloren. Zurückgelassen, wie ein Regenschirm, den man vergessen hatte. Sie wusste nicht recht, was sie trauriger machte: Alex' unklare Aussage oder ihre verunstaltete Frisur.

Würde eine Entscheidung etwas ändern?, hörte sie eine Stimme fragen.

Überrascht drehte Livia sich um. Waren die Geschwister zurückgekommen? Flink wie ein Eichhörnchen kletterte sie auf die Eiche. Aufmerksam wanderte ihr Blick über die Lichtung. Doch sosehr sie sich auch bemühte, sie konnte niemanden entdecken.

„Hallo?", rief sie und wartete.

Livia, ich bin hier, vernahm sie erneut das Flüstern.

Vor lauter Schreck wäre Livia beinahe von der Eiche gefallen. Die Stimme kam nicht von links oder rechts. Auch nicht von oben oder unten. Sie war überall. Sie war in ihr!

Besorgt griff sich Livia an die Brust, wandte ihren Kopf nach allen Seiten und spürte, wie eine Woge aus Angst in ihr hochstieg.

Hab keine Angst, Livia, ich bin es – Saiopara.

„Saiopara?", rief Livia überrascht und löste ihre Hand vom mächtigen Stamm der Eiche. Mit großen Augen, ungläubig, ja fast vorwurfsvoll starrte sie zur Krone des Baumes hinauf. Alles schien wie immer. Die Äste wiegten sich sacht im Wind, tausende von Blättern kräuselten sich im Gleichklang, und dann und wann gab der große Baum sein ureigenes Knarzen von sich. Doch mit einem Mal war alles anders.

„Saiopara", wiederholte Livia und dieses Mal hatte ihr Herz gesprochen. Die Angst war wie weggeblasen und ein unsagbares Gefühl von Liebe und Vertrautheit hatte sich in ihrer Brust breitgemacht. Es fühlte sich warm und geborgen an.

Mit einem Satz sprang sie nach vorn und umarmte den knorrigen Stamm. Eine Energie, wie sie sie noch nie empfunden hatte, strömte durch ihren Körper, erfüllte sie vom Scheitel bis zur Sohle. Eine Kraft, die alles überstieg, was sie jemals für möglich gehalten hatte, wiegte sie in Sicherheit und ließ sie vergessen, dass sie im Grunde nur ein kleines Mädchen war. Sie fühlte sich groß und stark, aber vor allem verbunden. Verbunden mit Saiopara, verbunden mit Weisheit, verbunden mit reiner, unermesslicher Liebe.

Livia seufzte und kleine Tränen des Glücks rannen über ihre Wangen. Sie konnte nicht verstehen, was hier gerade geschah. Die Eiche, ihr Baum, Saiopara, hatte mit ihr gesprochen. Etwas Unfassbares hatte sich ereignet, etwas, was sie nie für möglich gehalten – und sich doch so sehr gewünscht hatte. Die Welt war ein Wunder. Pflanzen lebten, sie … Livia stockte.

„Saiopara?", flüsterte sie und fürchtete ein paar endlos lange Sekunden, dass sie sich alles nur eingebildet hatte. Waren es der Ereignisse zu viele gewesen? Spielten ihre Sinne ihr einen Streich? War das …?

Ja, erwiderte eine freundliche Stimme.

Ja! Ein kleines Wort. Zwei Buchstaben, die alles veränderten. Sie veränderten Livias Leben. Sie veränderten die Welt. Ihre Welt.

--

Vorsichtig reckte der Fuchs seine Schnauze in die Höhe. Seine Nüstern blähten sich und vereinzelt bildeten sich kleine weiße Wölkchen, die träge himmelwärts trieben und sich langsam auflösten. Seine Augen blitzen misstrauisch, konnten nicht sehen, was sein feiner Geruchssinn ihm mitteilte. Vorsichtig setzte er einen Fuß vor den anderen. Es knirschte leise, wenn seine schlanken Pfoten durch die Schneedecke brachen. Da war es wieder. Zur Salzsäule erstarrt, verharrte der Fuchs. Sein linker Lauf, wie eingefroren, von sich gestreckt.

Livia grinste und fast wäre ihr ein leises Glucksen entwichen.

Nicht bewegen, mahnte Saiopara, *der Kleine ahnt schon etwas.*

Schlau wie ein Fuchs, erwiderte Livia in Gedanken und beobachtete Meister Reineke, wie er vorsichtig seinen Weg fortsetzte. Nachdem er den Brombeerstrauch umrundet hatte, schien es, als hätte er beschlossen, dass seine ansonsten so zuverlässige Nase ihm wohl einen Streich gespielt hatte. Er ignorierte sie bis auf weiteres und ging seiner Wege.

Vergnügt richtete Livia sich auf und spitzte aus ihrem Geheimversteck hervor. Sie reckte den Hals, aber der Fuchs war weg. Untergetaucht zwischen all den Bäumen und Sträuchern des Waldes. Nur seine Spur blieb zurück und verriet, dass er hier gewesen war.

Wohin er wohl geht?, fragte sie sich.

Das weiß nicht mal er selbst. Ein Fuchs wird geführt. Er hat keinen Plan. Der Weg ist sein Ziel.

Verwundert hob Livia den Kopf. Sie wollte schon widersprechen, hielt jedoch inne. Sie hatte gelernt, dass Saiopara meistens recht hatte. Daher war sie dazu übergegangen, lieber zu fragen, als Behauptungen aufzustellen. Fragen verbergen fehlendes Wissen, hatte Saiopara ihr vor kurzem erklärt. Auch das war richtig. Livia hatte es ausprobiert. In der Schule, bei Freunden und bei ihren Eltern. Jeder gab bereitwillig Auskunft, versuchte mit Wissen zu glänzen. Wer fragt, der führt. Früher hatte sie immer gedacht, es wäre genau andersherum.

Kann sich ein Fuchs denn nicht daran erinnern, wo seine Jagd am erfolgreichsten war?, wollte Livia wissen.

Natürlich kann er das, jedoch denkt und plant er nicht, wie ihr Menschen es tut. Er spürt es. Da ist eine Erinnerung und dann geht er einen Schritt nach dem anderen, und falls ihm nichts dazwischenkommt ...

Livia kratzte sich am Kopf. So richtig konnte sie das nicht verstehen. Um erfolgreich zu jagen, war es doch sicherlich von Vorteil, sich vorab zu überlegen, was man tat.

Um was zu tun?, unterbrach Saiopara ihre Gedanken.

Na eben das, was man tun will, erwiderte Livia und war sich ganz sicher, dass nur, wer ein Ziel hatte, es auch erreichen konnte. Das zumindest sagte ihr Vater, und der musste es wissen. Der war ziemlich erfolgreich im Beruf und hatte viele Mitarbeiter, die er anleiten musste. *Wer nicht weiß, wohin er will, braucht sich nicht zu wundern, wenn er ganz woanders rauskommt*, pflegte er zu sagen.

Und?

„Was und?", erwiderte Livia und blickte die Eiche vorwurfsvoll an.

Ein leises Lachen war zu hören. *Wie vieles übersieht man, wenn der Blick nur nach vorn gerichtet ist? Die Gedanken fokus-*

siert. Ein Ziel, das es zu erreichen gilt. So einfach, dachte die Maus, alles im Blick, und schlich sich an den Käse ran. Ratsch!
Angewidert verzog Livia das Gesicht und versuchte das Bild der zappelnden Maus zu verdrängen.
Gib allen Dingen eine Chance, gerade denen, die du nicht kennst. Das Unerwartete ist die Würze des Lebens. Was wäre eine Wanderung ohne Umweg? Eine Reise ohne Überraschungen ist keine Reise. Das Leben hält so viel bereit für dich, sofern du offen für Neues bist und gelegentlich eine unbekannte Abzweigung wählst.
Aber? Livia holte tief Luft. Erst nachdenken, mahnte sie sich. Angenommen, sie wollte das Abitur machen. Um das zu erreichen, musste sie in die Schule gehen und lernen, wenn möglich mit einer gewissen Konsequenz. Das wäre sicherlich von Vorteil. Sie konnte nicht einfach heute in die Schule gehen und morgen Schlittschuh laufen und übermorgen nach Italien auswandern, auch wenn sie das gern machen würde. Nein, man musste gewisse Regeln einhalten, da war sie sich ganz sicher.
Sicher?
Ja, sicher, erwiderte Livia selbstbewusst.
Und wenn nicht?
Dann, dann kommst du nicht dorthin, wohin du anfänglich wolltest. Also kein Abi und viel Ärger.
Die Eiche knarzte, und Livia hatte das Gefühl, als würde die Borke sie in den Hintern zwicken.
Ärger gehört zum Leben. Über was sollte man sich freuen, wenn man sich nicht ärgern kann? Und kein Abi ist auch nicht schlimm. Dafür lernst du beim Schlittschuhlaufen diesen tollen Jungen kennen, er lädt dich nach Italien ein. Du wanderst aus, lernst die Sprache und bekommst die Chance, in Mailand als Modedesigner anzufangen.

Livia schüttelte den Kopf. *Schön und gut, aber auch dafür muss ich das Ziel haben, es zu tun, sonst klappt es nicht.*

„Au!", entfuhr es Livia und sie blickte grimmig nach oben. „Lass das!"

Eine Eichel war ihr auf den Kopf gefallen. Eine Eichel? Mitten im Winter?

Entschuldige, aber das musste sein, säuselte Saiopara und fuhr fort: *Auch der Fuchs geht jeden Tag wieder auf die Pirsch. Was ich dir sagen möchte ist, dass du etwas mehr auf dein Herz hören solltest und dein Denken aufforderst, etwas zurückzutreten. In der Welt, in der du lebst, musst du sicherlich vieles tun, was der Verstand dir gebietet. Du lebst in einer Gemeinschaft, und diese hat Regeln erstellt, die du befolgen solltest, solange du ein Teil von ihr bleiben möchtest. Das ist gut. Ich glaube nicht, dass die Regeln dein Leben unbedingt schöner machen, aber sie machen es sicherer.*

Ein Windstoß fuhr durch die Krone der Eiche und tausend kleine Schneekristalle glitten geräuschlos hinab.

Wobei? Was heißt schon sicherer?, fuhr Saiopara fort. *Sicher vor was? Ist sicher gut oder langweilig? Es gab einmal diesen Grafen, der sich in seinem Schloss verbarrikadierte und keine Besucher empfing, da er Angst hatte, dass man ihm etwas antun würde. Er hatte einen wunderschönen Garten und die haushohen Mauern waren mit grünen Ranken und Oleander verziert. Ein Teich lud Vögel und Insekten zum Baden ein. Innerhalb seiner Mauern fehlte es dem Grafen an nichts. Gelegentlich kam sein Bruder ihn besuchen. Er war der Einzige, dem er vertraute. In langen Gesprächen erzählte dieser ihm von der großen weiten Welt, von fremdartigen Völkern, fernen Ländern und seltsamen Tieren. Der Graf hörte aufmerksam zu, beneidete seinen Bruder um dessen Reichtum an Erfahrungen, doch getraute er es sich zeitlebens nie, seine Festung zu verlassen. Die Angst vor dem Unbekannten war zu groß.*

Saiopara schwieg einen Moment und auch Livia wollte nichts erwidern. Sie dachte lieber über deren Worte nach.

Sicherheit, Livia, Sicherheit heißt versäumen!

„Warte!", rief Livia. „Und wenn jetzt ein Blitz in das Haus des Grafen eingeschlagen hätte, dann hätte ihm all seine Vorsicht nichts genutzt."

Das ist richtig, Livia. Alles, was wir im Außen tun, bewirkt nur eine scheinbare Sicherheit. Wirklich gefestigt sind wir, wenn wir Gewissheit in uns finden. Blicke nach innen und beobachte, betrachte die Welt und lerne daraus. Es gibt so viel zu erkunden auf Gaia. Wir müssen nur mutig genug sein, dem Vertrauten gelegentlich den Rücken zu kehren.

Gaia? Wer ist Gaia?, unterbrach Livia ihre Freundin.

Ein Zittern ging durch den Stamm, so stark, dass Livia fast den Halt verloren hätte. Der Hauch einer kalten Energie ließ sie frösteln.

Gaia, flüsterte Saiopara und die Stimme in Livias Kopf hatte einen traurigen Klang. *Du weißt nicht, wer Gaia ist? Gaia ist die Mutter, die Mutter aller. Der Anfang und das Ende und alles, was dazwischenliegt. Ohne sie könnten wir nicht sein. Sie liebt dich so sehr – und du kennst nicht einmal ihren Namen.*

Betroffen sackte Livia in sich zusammen. So hatte Saiopara noch nie mit ihr gesprochen. Sie hatte den Schmerz in ihrer Stimme gehört, und – noch schlimmer – sie hatte ihn als eine wallende Woge wahrgenommen, die ihren Körper durchfloss. Und wieder hatte Livia die Erfahrung gemacht, dass alle Gefühle, die Saiopara mit ihr teilte, um ein Vielfaches stärker waren, als sie es bisher für möglich gehalten hatte. Das galt für die positiven genauso wie für die negativen.

„Es tut mir leid", sagte Livia und fuhr zärtlich mit der Hand über die rissige Rinde der Eiche. „Aber ich weiß es halt nicht."

Mit einem Mal war die drückende Last wie weggeblasen. Die Kälte war verschwunden.

Mir tut es leid, Baummädchen. Du kannst nichts dafür. Woher soll man wissen, was man nicht weiß? Verzeih mir, ich habe mich zu sehr von den Worten verführen lassen. Eine Eiche sollte es besser wissen. Gaia, meine Liebe, ist die Erde. Eines der größten und am weitest entwickelten Wesen des Universums.

Die Erde lebt? Livia konnte das nicht glauben. Die Erde, die uralte Erde, sollte ein Lebewesen wie sie, ihr Vater, die dicke Conny oder der Fuchs sein? Keinesfalls.

Natürlich. Warum denn nicht?

Na, weil sie sich nicht bewegt, nicht atmet, nichts isst, nicht mit uns spricht. Sie ist ein riesengroßer Stein, mit sehr viel Wasser, Erde, Bäumen und Gestrüpp drauf.

Sie ist kein Stein, und wer behauptet hier, dass sie nichts isst und nicht mit uns spricht?

Blöde Frage, dachte Livia. *Das ist doch offensichtlich. Jeder weiß es. Oder hast du die Erde, äh, Goia schon mal sprechen hören?*

Sie heißt Gaia, Livia, und sie spricht fast täglich mit mir.

Sie tut … Ungläubig legte Livia den Kopf in den Nacken und blickte erneut zur Baumkrone hinauf. *Aber warum spricht sie dann nicht mit mir?*

Weil ihr Menschen sie nicht hören wollt oder vielleicht auch nicht hören könnt. Nicht in der hohen Frequenz, auf der ihr derzeit existiert. Euer Leben rast so schnell dahin, dass ihr keine Zeit mehr findet zu verweilen. Euch auf die Natur zu konzentrieren und deren Schwingung anzunehmen, ist euch kaum mehr möglich. Gaia schwingt langsam, sehr langsam. Alles, was sie tut, macht sie mit Bedacht. Und das ist auch gut so. Gut für euch Menschen, kleine, empfindliche Lebewesen, die wie Insekten auf ihr herumkrabbeln.

„Hallo", rief Livia, „wir sind keine Insekten und krabbeln nicht herum!"

Entschuldige, du hast recht. Ich wollte damit nur zum Ausdruck bringen, wie unbedeutend jedes einzelne von uns Lebewesen für das Fortbestehen von Gaia ist. Ihr Menschen nutzt ihre Gutmütigkeit sehr aus und wundert euch, wenn sie sich langsam gegen euch wendet. Doch tut sie dies mit Bedacht und Nachsicht, denn in ihrem tiefsten Inneren liebt sie jeden Einzelnen von euch. Irgendwie seid auch ihr ein Teil von ihr.

Livia war verwirrt. Das waren zu viele Informationen auf einmal. Saiopara behauptete, dass die Erde ein Lebewesen – sogar ein sehr mächtiges Lebewesen war, auf dessen Rücken sie alle lebten. All die Menschen, Tiere, Blumen, Bäume ... Bäume? Wenn Saiopara recht hatte, dann war sie selbst auch ein Teil von Gaia. Saiopara konnte sich auch nicht bewegen, etwas essen und trin... Doch, trinken konnte sie und sprechen beziehungsweise kommunizieren auch. So gesehen war Gaia der Eiche gar nicht unähnlich. Und dass Saiopara lebte stand außer Frage. Definitiv. Verwundert, fast etwas ängstlich blickte sich Livia um. Mit einem Mal sah sie die Sträucher, Blumen, ja sogar die Wiese, den Fluss, die Schneeflocken mit ganz anderen Augen. Komisch, dachte sie sich. Seit Jahren weiß ich, dass Saiopara lebt, und habe noch nie darüber nachgedacht, dass all die anderen Bäume und Pflanzen vielleicht auch mit mir sprechen könnten. Saiopara war voller Leben, das stand außer Frage. Aber wo befand sich ihr Gehirn? Womit dachte sie? Ein Baum bestand doch nur aus Holz, Rinde, Blättern und einmal im Jahr einer Menge Früchten. Livia wollte Saiopara schon danach fragen, überlegte es sich dann aber anders. Jemanden zu fragen, ob er ein Hirn hat, war nicht gerade die feine englische Art. Stattdessen schoss ihr eine andere Frage in den Kopf. Konnte pflanzliches Verhalten, wie lernen, abwägen, entscheiden, als Intelligenz bezeichnet werden oder war dieser Begriff für Lebewesen mit Gehirnen reserviert?

Ein mutiger Gedanke, Livia, er ehrt dich, denn er zeigt, dass du nicht alles als gegeben nimmst. Meine Definition für Intelligenz ist sehr einfach und weniger gehirnfixiert. Ich würde sagen, es ist die Fähigkeit, mit gegebenem Potential optimal auf Herausforderungen zu reagieren, welche dir von deiner Umwelt vorgegeben sind. Es geht um Problemlösung, nicht -findung. Die Intelligenz von Pflanzen lässt sich am ehesten mit derjenigen von Insekten oder großen Fischschwärmen vergleichen, bei denen viele Individuen ein Netzwerk bilden und stumm kommunizieren. Aber ich spüre deine Unruhe, Livia, irgendetwas bedrückt dich. Was immer du wissen möchtest, scheue dich nicht zu fragen.

Livia biss sich auf die Lippen. Schließlich fasste sie sich ein Herz.

Ich verstehe nicht, wie das alles funktioniert. Ihr Pflanzen seid uns Menschen so unähnlich. Du hast keine Augen, und doch kannst du sehen. Du hast keine Zunge, und doch sprichst du mit mir. Du hast keinen Mund, und doch nimmst du Nahrung auf. Ich habe noch nie gehört, dass man in einer Pflanze ein Gehirn gefunden hat, und doch bist du viel klüger, als ich es bin oder alle, die ich kenne. Wie funktioniert das?

Es schien, als ob der Baum nachdenken würde. Lautlos wiegten sich seine Zweige im Wind. Dann, mit einem Mal, umgab Livia etwas Warmes, Vertrautes. Eine Energie, die sie sofort beruhigte.

Nur weil du etwas nicht siehst, heißt es nicht, dass es nicht da ist. Denke an die Luft, die du atmest, an die Stimme, die an dein Ohr dringt. Manche Dinge sind zu klein, als dass du sie wahr-

nehmen könntest, andere sind dir einfach noch nicht bekannt. Wenn du etwas nicht verstehst, bedeutet das nicht, dass es nicht möglich ist. Denke an ein Handy, an das Internet, an Wunderheilungen, die sich keiner erklären kann. Denke an Bäume, die mit dir sprechen können. Es gibt im Universum weit mehr Dinge, als sich dein kleiner Kopf vorstellen kann. Du fragst, wie es mir möglich ist zu denken. Dein Ansatz ist falsch. Geh einen Schritt zurück und blicke tiefer. Sieh nicht nur die Eiche in mir. Ich bin weit mehr, als nur ein Stamm aus Holz mit ein paar Wurzeln und Ästen.

Unsicher rückte Livia auf dem Ast hin und her. Sie wusste wirklich nicht, worauf Saiopara hinauswollte. Verlegen hob sie die Schultern.

Ich bin ein Teil von Gaia, fuhr Saiopara fort. *Verbunden mit ihrer unendlichen Weisheit. Ich kann sie zwar nicht im Ganzen begreifen, und doch weiß ich, was zu tun ist. Ich empfinde sie in der Art, wie du die Geborgenheit eines Hauses, die Liebe deiner Eltern fühlst. Ich frage nicht nach dem Warum. Ihre Existenz ist mir jederzeit bewusst und doch kann ich sie nicht sehen. Ich habe Gedanken, weiß, woher sie kommen, richtig verstehen kann ich sie jedoch oft nicht. Ihr Menschen habt ein Gehirn. Gut. Du weißt, wo die Quelle deines Denkens liegt, aber verstehst du auch, was dort in deinem Kopf wirklich geschieht? Befiehlst du deinem Hirn, vier plus fünf zu rechnen, und gibst ihm eine Anleitung, wie es dies zu machen hat? Ich glaube nicht. Die Neun ist in deinem Kopf, bevor du richtig darüber nachgedacht hast. Wie machst du das?*

Livia schniefte. Vier plus fünf war Babykram. Ohne nachzudenken war die Neun dagewesen. Eigentlich komisch. Das war seltsam, aber darüber wollte sie später noch in Ruhe nachdenken. Eine andere Frage fiel ihr ein, und sogleich musste sie grinsen. Sie hatte keine

Frage in Auftrag gegeben, und doch war sie plötzlich in ihrem Kopf gewesen.

Sind denn alle Pflanzen ein Teil von Gaia? Egal wie klein.

Die Antwort kam blitzschnell. *Natürlich. Im Vergleich zu Gaia sind wir alle Winzlinge. Nicht das Äußere ist entscheidend. Wie auch sollte eine Grenze aussehen? Alles, was kleiner als einen Meter ist, gehört nicht zu Gaia? Was für eine schlechte Mutter wäre sie! Stelle dir Gaia als lichtdurchdrungenes Wesen vor. Eine Kraft voller Liebe, dessen Ursprung im tiefsten Erdinneren liegt. Sie dringt durch die kleinste Ritze. Noch viel kraftvoller ist Gaias Lebensenergie. Vor ihr könnt nicht einmal ihr Menschen euch verstecken.*

In Livias Kopf formte sich das Bild einer leuchtenden Erde. Aus tausenden und abertausenden Öffnungen strömte gleißendes Licht und durchdrang alles und jeden. Sie sah leuchtende Bäume, Sträucher, Flüsse und Tiere und vereinzelt Menschen dazwischen. Ein Teil hell leuchtend, ein Teil dunkel wie ein Schatten. Wieder befand sich plötzlich eine Frage in ihrem Kopf.

Was wünscht sich Gaia von uns?, wollte Livia sogleich wissen.

Ach Livia, seufzte die Eiche und ein Zittern ging durch den Stamm. *Viel zu selten wurde diese Frage von einem Menschen gestellt.*

Livia wartete darauf, dass Saiopara weitersprach, aber sie tat es nicht.

„Und?", sagte Livia laut und machte die Augen ganz groß. „Ich möchte etwas für sie tun."

Es vergingen ein paar Sekunden, bevor Saiopara antwortete.

Du wirst die Antwort in deinem Herzen finden, aber nur, wenn du es ernst meinst. Es ist an dir, an jedem Einzelnen von uns, dies herauszufinden. Eine beantwortete Frage ist nicht gelernt. Man muss die Dinge erfahren, damit sie haften bleiben.

Erneut schwieg die Eiche, doch bevor Livia etwas fragen konnte, unterbrach Saiopara sie.

Und jetzt, mein geliebtes Baummädchen, geh nach Hause und versuche eine Antwort zu finden. Es würde mich sehr freuen, wenn du damit Erfolg hast. Auch Gaia würdest du damit glücklich machen. Ich brauche jetzt etwas Ruhe. Zeit für mich. So viele Fragen bin ich nicht gewohnt, das macht mich ganz unruhig. Ich freue mich, dich bald wiederzusehen. In Liebe verharre ich.

Livia spürte sofort, dass sich Saiopara zurückgezogen hatte. „Hmm", summte sie und kletterte nach ein paar schweigsamen Minuten den Stamm hinunter.

Es war spät geworden. Die Wintersonne stand kurz davor, hinter den Bergen zu verschwinden. Ihr matter Schein schimmerte blass durch die Wolkendecke hindurch. Es wurde merklich kühler. Livia dachte über Saioparas Worte nach, als sie mit großen Schritten die verschneite Wiese hinunterstapfte.

Was würde ich mir wünschen, wenn ich Gaia wäre? Wenn ich immer nur gebe und alle von mir nehmen? Wenn ich mit den Menschen nicht sprechen kann und sie mir fortwährend wehtun? Wenn sie mich krank und kaputt machen und keinerlei Dankbarkeit zeigen? Wenn sie all die Geschöpfe und Lebewesen, die auf mir leben und meine Kinder sind, unterdrücken, schlecht behandeln und töten?

Mit einem Ruck blieb Livia stehen und schüttelte traurig den Kopf. Die Antwort, die sie gefunden hatte, gefiel ihr gar nicht. Sie hoffte inständig, dass Gaia in ihrer Weisheit und Güte weniger auf Vergeltung sann, als sie es tun würde.

--

Hallo Baummädchen!"
Livia zuckte zusammen. Nur mit Mühe gelang es ihr, sich nicht umzusehen. Saiopara war die Einzige, die sie Baummädchen nannte, und das eben war nicht die Stimme der Eiche gewesen. Fieberhaft überlegte sie, woher sie die Stimme kannte. Dass sie sie kannte, stand außer Frage. Aber woher nur? Ihr Herz wusste mehr als ihr Verstand; unvermittelt fing es an, schneller zu schlagen.

„Livia, jetzt warte doch!", forderte die vertraute Stimme sie auf. In der Sekunde, als der Junge ihren Namen aussprach, wusste sie, wer hinter ihr stand. Langsam wandte sie sich um.

„Alex?", erwiderte Livia und legte etwas Zweifel in ihre Stimme, obwohl sie sich zu hundert Prozent sicher war.

„Yeap!", rief er und kam mit einem umwerfend charmanten Lächeln auf sie zu. Er sah definitiv noch besser aus als bei ihrem ersten Treffen. Der letzte Jungenspeck hatte sich verflüchtigt, seine Gesichtszüge waren markanter, männlicher geworden. Seine Stirn absolut pickelfrei. Alex trug eine ausgewaschene Jeans und ein lässiges weißes Hemd, bei dem er die Ärmel zurückgeschlagen hatte, was den Blick auf seine braungebrannten kräftigen Unterarme freigab. Seine schwarzen Haare trug er fast schulterlang. Alles in allem hatte er eine Wirkung auf Livia, die ihr nicht gefiel. Ohne es verhindern zu können, war sie in eine Art Schockstarre gefallen. Sie vergaß zu atmen und bekam einen trockenen Mund – der gleichzeitig auch noch dümmlich offen stand.

„Du hast dich verändert", bemerkte Alex, während seine Augen sie bewundernd musterten.

„Hab ich das?", erwiderte Livia und wusste nicht, ob er damit ihren Karpfenmund meinte.

Er nickte.

„Du auch", hauchte Livia und hätte vor Ärger darüber, dass ihre Stimme sie gerade jetzt im Stich ließ, beinahe mit dem Fuß aufgestampft. *Mein Gott, wie peinlich!*, fluchte sie in Gedanken.

„Deine Haare sind nachgewachsen." Grinsend nickte Alex. „War es schlimm?"

Livia zuckte mit den Schultern und atmete tief ein. Langsam kehrten die Lebensgeister in ihren Körper zurück. Als wären ihre Schultern als nachahmenswertes Vorbild vorausgestürmt, löste sich auch ihre Zunge wieder.

„Was machst du denn hier? Ich habe dich seit damals nicht mehr gesehen", fragte sie und war erleichtert, dass sich ihre Stimme fast wieder normal anhörte.

Jetzt war es an Alex, mit den Schultern zu zucken. Er wollte gerade etwas erwidern, als er es sich anders überlegte.

„Die Wahrheit?"

Was war denn das für eine Frage?, dachte Livia und machte große Augen. Natürlich die Wahrheit!

„Nachdem du mich beim letzten Mal schon angelogen hast, wäre die Wahrheit ein guter Neustart", erwiderte Livia und war ähnlich überrascht wie Alex, dass sie das wirklich gesagt hatte.

„Ich soll dich angelogen haben?" Verwirrt forschten Alex' Augen in ihrem Gesicht. „Soweit ich mich erinnere, habe ich dich vor einer tollwütigen Amateurfriseuse bewahrt."

„Hast du, aber du sagtest auch, dass wir uns wiedersehen."

„Oh." Verlegen rümpfte Alex die Nase. Einen Wimpernschlag wirkte er verunsichert, dann hatte er sich wieder im Griff.

„Hättest du mich denn gern wiedergesehen?"

„Klar", erwiderte Livia, ohne lange zu überlegen. Sie konnte sich auch täuschen, aber sie war sich ziemlich sicher, dass Alex' Stimme leicht gezittert hatte. Hoffte er, dass sie ihn vermisst hatte? Wenn dem so wäre, warum zum Teufel war er dann nicht schon früher aufgetaucht?

„Ich fühlte mich in deiner Schuld", fuhr sie fort, „und hätte mich gern revanchiert."

„Hey, alles okay. War kein Ding. Was ist eigentlich aus der Dicken geworden?"

„Conny? Keine Ahnung, sie ist nicht mehr in meiner Klasse. Hat eine Ehrenrunde gedreht. Und du? Was machst du hier?", wiederholte Livia ihre Frage von zuvor. „Die Wahrheit!", legte sie nach, als sie sah, dass Alex zögerte.

„Ich bin wegen dir hier", antwortete er und blickte sie ernst an.

„Wegen … Du verarschst mich?" Ungläubig suchte Livia seinen Blick.

Alex schüttelte den Kopf. „Nein, tu ich nicht. Aber um bei der Wahrheit zu bleiben", er machte große Augen und grinste, „ich war in der Nähe, hab 'nen kleinen Abstecher gemacht und gehofft, dich zu treffen."

Verlegen trat Livia einen Schritt zurück. Sie war sich nicht sicher, ob Alex es ernst meinte oder sie nur auf den Arm nahm.

Er spricht die Wahrheit, hallte es plötzlich in ihrem Kopf. Überrascht blickte Livia den Hang hinauf. Dort oben am Waldrand konnte sie Saiopara zwischen all den anderen Bäumen hervorspitzen sehen. Noch nie in all den Jahren hatte Saiopara über solch eine Distanz zu ihr gesprochen.

Saiopara, dachte Livia, so laut sie konnte.

Der Junge ist in Ordnung. Kümmere dich um ihn, nicht um mich!

„Livia? Alles okay?" Alex war ihrem Blick gefolgt und schaute ebenfalls zu den Bäumen hinauf.

„Klar", erwiderte Livia schnell und wackelte mit dem Kopf, um ihre Gedanken an Saiopara abzuschütteln. „Ich … ich musste nur an damals denken."

„Richtig, das war dort oben gewesen. Ich weiß bis heute nicht, warum ich damals zum Wald hinaufgelaufen bin. Irgendetwas hat mich wie ein Magnet angezogen." Nachdenklich kratzte Alex sich am Kinn. Seine Augen blickten ins Leere. Er versuchte sich zu erinnern.

„Und heute? Hattest du wieder das Gefühl, dass dich ein Magnet angezogen hat?", sagte Livia und sandte ein großes Dankeschön Richtung Saiopara.

„Nein, außer …" Alex stockte.

„Außer?", hakte Livia nach.

„Außer wenn du ein Magnet bist. Das würde alles erklären."

Livia seufzte. „Alex, bitte, ich bin siebzehn und keine zwölf mehr. Auch wenn ich es sehr reizvoll fände, ein Alexmagnet zu sein, bin ich mir nicht sicher, ob du es ernst meinst."

„Alexmagnet! Wie sich das anhört!", erwiderte Alex und wurde plötzlich ganz ernst. „Ich meine es genau so, wie ich es sage. Ich bin wegen dir hier."

Das war deutlich. Verlegen blickte Livia zu Boden, zeichnete mit der Fußspitze einen Kreis in die Erde. Wenn ihr jetzt nicht gleich irgendetwas einfiel, würde sie vor Scharm im Boden versinken. Alex funkelte sie erwartungsvoll an.

„Okay, finde ich gut. Gibt mir die Chance, eine alte Schuld zu begleichen. Was hältst du davon, wenn ich dich als Wiedergutmachung in ein Café einlade?"

Verblüfft blickte Alex sie an. Dann grinste er. „Okay, geht klar. Eigentlich wollte ich ja dich fragen. Aber wie es aussieht, komme ich immer einen Tick zu spät."

„Aber gerade noch rechtzeitig. Ich kenne ein super Café, und dort gibt es den besten Caramel Macchiato der Welt."

„Na, dann nichts wie hin!", erwiderte Alex vergnügt und hielt Livia seinen Arm hin.

Livia lachte unsicher auf und hakte sich ein. Als sie Alex' Arm berührte, durchströmte sie ein warmes Kribbeln. Sofort fühlte sie sich geborgen. Ein Gefühl, wie sie es bisher nur bei ihren Eltern und bei Saiopara empfunden hatte.

Schweigend gingen beide die Straße entlang. Entweder Alex empfand ähnlich wie sie oder er spürte, dass ihr nicht nach Reden war. Hoffentlich beides, dachte Livia und war froh, dass Alex ein Mensch war, der Stille ertragen konnte und nicht um des Redens willen sinnloses Zeug von sich gab. In all den Jahren hatte sie von Saiopara gelernt, dass man nicht immer sprechen musste, um miteinander zu kommunizieren. Manchmal war es besser, nichts zu sagen. Die Pausen zwischen den Worten machen die Momente wertvoll, hatte sie mal gelesen.

„Danke, Saiopara", flüsterte sie ganz leise.

Erstaunt blickte Alex sie an. „Wer ist Saiopara?"

„Mein Magnet", erwiderte Livia und grinste zufrieden.

„Muss ich das verstehen?"

„Nein, musst du nicht, aber vielleicht erkläre ich es dir irgendwann einmal."

--

Manchmal beneidete Saiopara die Menschen. Manchmal. Ganz selten. Jetzt tat sie es. Sie beneidete sie um deren Lebhaftigkeit. Um die Fähigkeit, sich zu berühren und miteinander rumzutollen. Vor allem Kinder faszinierten sie. Deren spontane Gefühlsregungen. Ihre Gabe, blitzschnell zwischen Freude und Ärger zu wechseln. Das pulsierende Leben, das bei ihnen überschwappte, wie die Gischt einer stürmenden See. Hierzu war sie als Baum nicht in der Lage. Mochten ihre Sinne tiefer reichen und an den Ursachen nagen, die Lust der Oberflächlichkeit war ihr nicht vergönnt. Jedem das Seine! Jedem das Seine.

Vergnügt blickte Saiopara zu den beiden Kindern hinunter. Simon rannte wie immer voraus. Sein schlohweißes lockiges Haar tanzte lustig im Wind. Sein Mund lächelte siegesgewiss. So schnell es seinen kleinen Beinen möglich war, wirbelten sie durch die Luft und trugen ihn den Hang hinauf. Weit hinter ihm tänzelte seine Zwillingsschwester Sarah durch ein gelb-weißes Meer aus Löwenzahn und Gänseblümchen. Sie sang vergnügt und hüpfte von einem Bein aufs andere. Ihr langes braunes Haar hatte sie zu einem Dutt verknotet und mit vier oder fünf Gänseblümchen verziert.
Gleich neben ihr schlenderte Livia durchs hohe Gras. Sie wirkte zufrieden und ihr Blick wanderte unbeschwert zwischen ihren beiden Kindern hin und her. Die Zwillinge feierten heute ihren fünften Geburtstag und hatten beschlossen, wie Saiopara wusste, ihren Ge-

burtstagskuchen hoch oben einzunehmen, zwischen Astgabeln und raschelnden Blättern.

„Erster!", schrie Simon und klatschte mit der Hand gegen den Stamm, dass es knallte. Schnell atmend drehte er sich um.

„Schnecken!", zischte er zufrieden und schüttelte ungläubig den Kopf. „Wie kann man nur so lahm sein?" Sofort wandte er sich wieder der Eiche zu.

„Hallo Saiopara!", rief er und griff nach einem kleinen, aber festen Ast, der in Kopfhöhe aus dem Stamm ragte.

Hallo Simon, erwiderte Saiopara, auch wenn sie wusste, dass er sie nicht hören konnte. Das war auch eine Fähigkeit der Menschen, um die sie sie gelegentlich beneidete. Menschen verstanden einander immer, egal ob sie sich kannten oder nicht. Das heißt, sie hörten einander, ob sie einander auch wirklich immer verstanden, wagte Saiopara zu bezweifeln. Sich auszutauschen war für Bäume nicht ganz so einfach, was auch gut war. Man stelle sich vor, welchem Lärm man im Wald sonst ausgesetzt wäre. Wie bei den Menschen gab es Bäume, die eher schweigsam waren, und welche, die brabbelten wie ein Buch. Eigentlich war es ein Segen, dass Bäume sich nur verständigen konnten, wenn beide es wollten, was selten der Fall war. Neben derselben energetischen Schwingung bedurfte es einer tiefen Zuneigung. Bäume waren sehr wählerisch, was die Auswahl ihrer Gesprächspartner anging. Schließlich konnte man ja nicht davonlaufen, wenn einem das Gerede zu viel wurde. Hatte ein Baum sich einmal für einen anderen geöffnet, hielt diese Beziehung meist ein Leben lang. Aber es gab auch Ausnahmen. Zum Beispiel die zickige Birke dort hinten, dachte Saiopara und blickte missmutig in ihre Richtung. Mit der wollte sie vorerst nichts mehr zu tun haben. Mit ihren dreiundfünfzig Jahren war sie einfach noch zu unreif und hatte nur Flausen im Kopf. Drei Jahre hatte Saiopara sich das unablässige Gerede angehört, bevor sie die Verbindung zu ihr abgebrochen hatte. Die Birke nahm ihr das übel. Wie gesagt, meist hielt eine Verbindung ein Leben lang. Aber was scherte das eine Eiche? Eichen waren aus einem duldsamen Holz geschnitzt, ganz zu schweigen von ihrer Borke. Der Ärger würde sich über die Jahre legen und die Birke älter und hoffentlich auch weiser werden. Na ja, wir werden sehen, dachte Saiopara zweifelnd, ist halt nur eine Birke.

„Nicht schlecht, Simon!", rief Livia und klatschte in die Hände. Ihr Sohn ballte eine Siegesfaust und verschwand im nächsten Moment in den Tiefen des Geheimlagers.

„Schaust du, Mami?"

„Natürlich", erwiderte Livia und ging zu ihrer Tochter, die bereits wie eine Klette am Baumstamm hing und den dicken Ast fixierte. Sarah würde es wie immer allein schaffen, aber sie fühlte sich besser, wenn Mama hinter ihr stand und sie, falls nötig, auffangen würde.

Du bist ein Schatz, Saiopara, dachte Livia und betrachtete die beiden festen Äste, die wie zwei Stufen aus dem Stamm ragten. Saiopara hatte sie wachsen lassen. *Ohne diese Hilfe würden sie es nicht schaffen.*

Es sind deine Kinder, liebste Livia. Ihre Energie ist pure Liebe, so rein, so erfrischend. Es ist nicht ganz uneigennützig!

Ich weiß, erwiderte Livia, *ohne Kinder wäre die Welt eine andere.*

Eine traurige und auch eine sinnlose.

„Komm schon, Mama!", tönte es von oben herab. Simons blonder Kopf ragte hinter dem Ast hervor. „Ich will endlich Muffins."

„Pass auf, Mami, nicht dass die kleinen Äste abbrechen!", mahnte ihre Tochter.

„Genau, du bist nämlich ganz schön dick", setzte Simon einen drauf.

„Dick! Wer ist hier dick?", rief Livia und kletterte geschickt und ohne die beiden kleinen Äste zu benutzen hinauf.

„Coooool!", rief Simon und blickte seine Mutter stolz an. „Das werde ich auch mal können. Stimmt's?"

„Natürlich, Simon. Du wirst so geschickt sein, dass du mit einem Satz hochspringst."

Verdutzt blickte Simon von seiner Mama zum Boden und wieder zu ihr. „Jetzt echt?"

„Ganz sicher!"

„Blödsinn", bemerkte Sarah trocken.

„Kein Blödsinn!", fauchte Simon. „Ich schaff das, bin ja auch ein Junge."

Nachsichtig verdrehte Sarah die Augen. „Kann ich jetzt Muffin?"

„Zauberwort", antwortete Livia und verdrehte die Augen.

„Nein, nicht hier unten. Wir haben gesagt ganz oben!", rief Simon und knallte mit der flachen Hand gegen den Stamm.

Mit zusammengekniffen Augen blickte Sarah zur Baumspitze hinauf. Das war noch ganz schön weit und wenn sie ehrlich war, auch ein wenig gefährlich.

Livia blickte ihre Tochter nachdenklich an.

„Hm", brummte diese.

„Also ich würde lieber hier unten bleiben", kam ihr Livia zu Hilfe, „ist auch bequemer."

„Nein!", schrie Simon und kletterte aus dem Geheimlager heraus. „Das sagst du jetzt nur, weil Sarah ein Schisser ist."

„Ich bin kein Schisser!", schrie Sarah.

„Bist du doch!"

„Nein, selber!"

„Ha!", rief Simon und kletterte voraus.

Sarah holte tief Luft und kletterte hinterher.

„Seid vorsichtig!", mahnte Livia und blickte ihnen besorgt nach.

Mach dir keine Sorgen, ich passe auf sie auf, flüsterte Saiopara.

Aber …

Nichts aber, wenn du wüsstest, wie oft ich dich vorm Runterfallen bewahrt habe!

Erstaunt blickte Livia auf. *Mich?*

Ja natürlich. Was denkst du, wie viele Kinder täglich von Bäumen stürzen würden, wenn wir nicht auf sie achtgeben würden?

Gedankenvoll strich sich Livia übers Kinn. Saiopara hatte recht. Keines von den Kindern, die sie kannte, war jemals von einem Baum gefallen. Auch ihr Vater nicht, und der war ein ganz großer, wagemutiger *Baumkraxler* gewesen. Zumindest behauptete er das. Konnte es wirklich sein, dass die Bäume ein schützendes Auge auf Kinder hatten und sie vor dem Schlimmsten bewahrten? *Aber wie macht ihr das?*, wollte Livia wissen.

Ach, mein liebes, wunderbares Baummädchen, jetzt hast du schon so viel von der Welt gesehen, aber wann begreifst du endlich, dass sie aus wesentlich mehr besteht, als dir deine Augen glauben machen? So wie du ein Baby sicher in deinen Armen halten und lästige Insekten abschütteln kannst, so können wir das auch. Und jetzt bewege dich, deine Räuber sind schon fast oben.

Das ließ sich Livia nicht zweimal sagen. Geschickt kletterte sie Simon und Sarah hinterher. Ein paar Minuten später hatte sich jeder von ihnen knapp unterhalb der Baumkrone eine Astgabel gesucht und sich einen Muffin geschnappt.

„...as schieht so ul aus!", rief Simon mit vollem Mund und zeigte mit der Hand zu ihrem Dorf hinüber.

„Ja", Sarah nickte, „ich möchte immer hierbleiben, bei Saiopara und den Bergen. Hier ist's am schönsten auf der ganzen Welt."

Livia und die Kinder blieben noch lange auf dem Baum. So lange, bis es dunkel wurde. Ganz oben saßen sie und beobachteten, wie die Sonne hinter den Bergen verschwand. Es war das erste Mal, dass sie das durften. Es würde nicht das letzte Mal sein, wusste Livia und dachte an all die schönen Momente, die sie in der Dunkelheit mit Saiopara verbracht hatte. In der Nacht auf einem Baum klettern, war wie unsichtbar zu sein. Man verschmolz mit dem Stamm, und wenn man sich nicht bewegte, wurde man ein Ast oder ein Teil der Borke. Die Dunkelheit schärfte die anderen Sinne. Die Finger fühlten jede Ritze, die Ohren hörten auch noch das kleinste Geräusch. Der nächtliche Wald war voll Leben, und befände man sich nicht weit über dem Waldboden, könnte man es schon mit der Angst zu tun bekommen. Deshalb, dachte Livia, sollte jeder in der Nacht mal auf einen Baum klettern und dort ein paar Stunden verbringen. So etwas vergisst man nicht. Niemals!

--

Mit einem Seufzer schaltete Livia den Motor ihres Wagens aus. Die Stille beruhigte sie, nahm ihr die letzte Nervosität, die sich ins Unermessliche gesteigert hatte, seit sie vor ein paar Tagen von Barcelona aufgebrochen war. Aber jetzt war sie endlich angekommen. Angekommen in ihrem Dorf. Hier war sie aufgewachsen, hier hatte alles begonnen. Heimat, ein Wort, bei dessen Klang sie in den letzten siebzehn Jahren immer etwas wehmütig geworden war.

Vor fast zwei Jahrzehnten war sie zusammen mit Alex nach Spanien ausgewandert. Angeblich war es für ihn die *einmalige berufliche Chance* gewesen. Sie wollten nur für ein, zwei Jahre dort bleiben, dann würde ihn die Firma zurückbeordern. Männer sagen das oft. Bei ihnen gibt es viele einmalige Karrierechancen. Doch auch dieser Job war einfach nur ein guter Job gewesen, nichts Besonderes, im Gegensatz zum spanischen Wetter. Mehr als dreihundert Sonnentage pro Jahr, ein nicht enden wollender Sommer von März bis November und ein milder Winter entschädigten sie für den salzigen Geschmack der Fremde. Nur der fehlende Schnee im Winter, die klirrende Kälte, das Knirschen der Stiefel war ihnen abgegangen. Wie oft hatte sie sich gewünscht, morgens aufzuwachen, aus dem Fenster zu blicken und Wiesen und Wälder unter einer dicken weißen Schneedecke begraben zu sehen. Die Stille zu hören, die Schneeflocken über das Land legen. So friedlich, so beruhigend.

Livia biss sich auf die Lippen, schüttelte den Kopf, damit die Gedanken an Vergangenes von ihr abfielen. Schluss damit, jetzt war sie hier. Hier bei Saiopara, wo alles angefangen hatte. Mit einem Seufzer öffnete sie die Fahrertür. Ein kalter Windstoß ließ sie frösteln. Herbst. Der Herbst in Spanien war immer die schönste Zeit im Jahr gewesen. Mild mit klaren Farben, frischer Luft, einer noch wärmenden Sonne und einem sommerlich aufgeheizten Mittelmeer. Sie liebte den spanischen Herbst.

„Nicht schon wieder", flüsterte sie und ärgerte sich, dass es keine fünf Sekunden gedauert hatte, bevor ihre Gedanken wieder in die Vergangenheit gewandert waren. Mit ein paar Handgriffen zog sie den Kragen ihres Mantels hoch und legte sich einen Schal um. Sie schloss die Augen und sog die kühle Luft ein. Das tat gut. Ihr war, als würde sie das erste Mal, seit Alex gestorben war, wieder atmen. Alex war tot! Die Sonne ihres Lebens, der Halt, wenn sie schwach war, ihr Wasser in der Wüste – er war einfach gestorben, hatte sie zurückgelassen. Tot. Seit fast fünf Wochen. Zweiunddreißig Tage, um genau zu sein. Zweiunddreißig Tage, in denen sie getrauert, Abschied genommen und viel geweint hatte. Simon und Sarah waren gekommen. Waren ihr die Stütze gewesen, die sie gebraucht hatte. Ohne die beiden wäre sie in ihrem Bett liegen geblieben und hätte gewartet, bis Alex sie zu sich geholt hätte. Der Schmerz war so groß gewesen. Ein Schmerz, größer als ein Berg. Er kam, als der Schock über Alex' Tod gegangen war. Seitdem hatte sie nicht mehr geatmet. Erstickt, an dem Loch in ihrer Brust und der Leere in ihrem Kopf.

Baummädchen, komm!

Erschrocken hob Livia den Kopf. Blickte den Hang hinauf zum Waldrand. Dort oben stand sie. Schön und majestätisch, wie eh und je. Saiopara, der Baum ihres Lebens. Das Wunder ihrer Kindheit. Der selbstlose

Freund an ihrer Seite. Livias Augen füllten sich mit Tränen. Ein Schmerz, größer als das Universum, brannte in ihrer Kehle und erfüllte sie mit Glück.

„Saiopara", flüsterte sie, und ohne dass sie etwas dagegen tun konnte, glitt ein Strom von Tränen über ihre Wangen.

Komm, mein Baummädchen, komm!

Mit einem Seufzer schlug Livia die Fahrertür zu und rannte los.

„Witwe mit neunundfünfzig? Das Leben ist nicht fair!", flüsterte Livia und klammerte sich an einen dicken Ast. Besorgt blickte sie in die Tiefe. Eine Frau in ihrem Alter sollte nicht mehr auf Bäume klettern, zumindest nicht so hoch hinauf. Aber es tat gut. Es tat so gut!

Du hast ihn sehr geliebt.

Ja, dachte Livia, *ich habe ihn unendlich geliebt. Er war das Licht meines Lebens. Ihn gehen zu sehen, bricht mir das Herz.*

Ein leises Rascheln verriet Livia, dass Saiopara verstand. Sie hatte sie immer verstanden.

Nichts ist für immer, Livia. Weder der Schmerz noch die Trauer. Der Schmerz lässt uns spüren, dass wir noch leben. Die Trauer ist ein reinigender Prozess, der uns berührt und verändert. Lebe sie bewusst. Du wirst sehen, nichts ist vergebens.

Leicht gesagt, dachte Livia und strich mit den Fingern über die schartige Rinde ihrer Freundin.

Warum so früh? Er war gerade mal einundsechzig. Wir hatten so viele Pläne. In einem Jahr hätte er aufgehört zu arbeiten. Gemeinsam wollten wir die Welt erkunden. All die Jahre hatten wir so wenig Zeit füreinander. Jetzt wäre alles anders geworden! Wir hätten alle Zeit der Welt gehabt.

Der Ast auf dem sie saß, vibrierte leicht. Ein heiteres Gefühl durchdrang sie.

Ja, bestimmt. Nächstes Jahr! Entschuldige, Livia, wenn ich einen Kopf hätte, würde ich ihn jetzt schütteln; wenn ich einen Mund hätte, müsste ich grinsen.

Irritiert hob Livia den Kopf. „*Grinsen?*", fauchte sie. Wie konnte Saiopara so wenig Mitgefühl zeigen? Sie hatte Antworten erhofft, keine Belehrungen.

Zeit, erwiderte Saiopara und zog das Wort endlos in die Länge. *Zeeeeiiiiiit! Ihr Menschen habt keine Kontrolle über sie. Die Stunden und Tage, sie werden euch immer enteilen. Es werden ihrer Stunden immer zu wenig sein. Ihr könnt die Zeit nicht kontrollieren. Ihr herrscht über den Raum. Wir, die Bäume, zur Unbeweglichkeit verdammt, verkörpern die Zeit. Wir sind ihr Meister.*

Nachdenklich ließ Livia ihren Blick über die sanft abfallende Wiese gleiten.

Bevor sie etwas erwidern konnte, fuhr Saiopara fort: *Sei nicht verbittert! Was ihr gemeinsam miteinander erlebt habt, kann dir keiner mehr nehmen. Ich bin sicher, es gab viele schöne Momente in eurer Zweisamkeit. Alles, was geschah, war gut, und alles, was sein wird, ist willkommen. Trauere nicht dem Ungewissen nach. Freue dich auf das, was kommt. Das Leben birgt immer Überraschungen.*

Livia schüttelte den Kopf. *Warum musste er so früh von mir gehen? Warum, Saiopara?*

Darauf kann ich dir keine Antwort geben.

Weil du nicht willst?

Weil ich es nicht weiß. Die Sterne wissen es, aber sie sagen es mir nicht.

Verwundert blickte Livia zum Himmel hinauf. „Die Sterne?", rief sie laut und Zweifel schwang in ihrer Stimme mit.

Vielleicht, erwiderte die Eiche, und Livia war es, als ob sie ein zartes Vibrieren spüren würde. Machte sich Saiopara über sie lustig?

Saiopara, bitte. Nicht jetzt.

Die Sterne sind schön! Hast du sie dir schon mal genauer angesehen? Vielleicht ist Alex einer von ihnen.

Livia seufzte. Das war Unsinn, und doch wanderte ihr Blick erneut zum Himmel. Leider war es noch zu hell, um Sterne zu sehen.

Was habe ich dich gelehrt?, wollte Saiopara wissen.

Livia dachte einen Moment nach, dann wusste sie, was Saiopara meinte. *Ich weiß, vieles ist anders, als es scheint,* erwiderte sie.

Genau. Glaube an das Unmögliche und neue Welten werden sich dir erschließen. Wie langweilig unser Dasein doch wäre, wenn nicht Wunder und Unerwartetes geschehen würden. Jemand hat mir erzählt, dass Bäume sprechen können. Stell dir nur vor, was für ein Unsinn. Bäume haben doch gar keinen Mund.

Ein Grinsen floss über Livias Mundwinkel und setzte sich für ein paar Sekunden fest. Ein kleiner Granitblock bröckelte aus der Mauer, die ihr Herz zu ersticken drohte. Einer, aus einer ganzen Legion. Es tat gut, sich mit Saiopara auszutauschen und auf andere Gedanken zu kommen. Mit einem Seufzer umarmte Livia den Stamm. Sofort fühlte sie, wie eine kraftvolle Energie durch ihren Körper floss, sie durchdrang und versuchte zu heilen, was zu heilen war. Livia wusste natürlich, dass deshalb noch lange nicht alles gut war. Der Schmerz würde wiederkommen, Narben würden bleiben und Wehmut immer wieder ihr Begleiter sein. Sie wusste aber auch, dass die Momente des Lichts und der Zuversicht wieder zunehmen würden. Gerade jetzt hatte sie es gespürt, hatte gefühlt, dass es noch ein Feuer in ihr gab. Eine kleine Flame, die irgendwo im Verborgenen vor sich hin loderte. Sie würde sie nähren und pflegen, und irgendwann würde das Leben wieder in ihr brennen. Bis es so weit war, würde sie jede Hilfe in Anspruch nehmen, die ihr dienlich war. Sie mochte derzeit verwirrt und wohl auch sehr verletzlich sein, aber Livia wusste, was ihr guttat. Saiopara würde ihr helfen, ins Leben zurückzukehren. Sie war ein Anker in der Brandung, und genau das würde sie jetzt brauchen.

--

„Fertig!", rief Livia glücklich und richtete sich langsam auf. Wenn man über siebzig war, ging alles nicht mehr ganz so einfach. Sie legte die Schaufel beiseite und wischte sich die Hände an ihrer Hose ab. Zufrieden betrachtete sie ihr Werk.

„Für eine alte Dame ein ganzes Stück Arbeit", bemerkte sie stolz und tupfte sich mit dem Hemdsärmel den Schweiß von der Stirn. Die fein geschwungene Bank aus massivem Eichenholz war ein Prachtstück geworden. Tom, der Schreiner vom Ort, hatte sie gezimmert. Angefertigt aus einem dicken Ast Saioparas. Ein Blitz hatte ihn vor ein paar Monaten vom Stamm abgetrennt.

Es war kurz nach Livias dreiundsiebzigstem Geburtstag geschehen. In der Nacht war ein schweres Gewitter über das Land gezogen und einer der zahllosen Blitze hatte die Eiche getroffen.

Als Livia am nächsten Morgen den abgespaltenen Ast entdeckte, wurde ihr das Herz vor Kummer ganz schwer. An der Stelle, wo der Blitz eingeschlagen hatte, war das Holz schwarz, und schartige, qualmende Holzsplitter ragten in die Luft. Der gefällte Ast hing nur noch an ein paar verschmorten Holzfasern am Stamm. Die Eiche sah verletzlich und geschunden aus.

Saiopara hatte Livia zur Eile gedrängt. In dem Aststumpf wütete noch immer die Glut des Blitzes. So schnell es ihre wackligen Beine erlaubten, war Livia in das Dorf geeilt. Hatte Zeder und Mordio geschrien und die halbe Gemeinde zusammengetrommelt. Jedermann wusste um die Liebe der alten Frau zu diesem Baum, und so hatte man mit vereinten, aber ratlosen Kräften versucht, die Glut zu löschen. Vergebens! Erst als die Feuerwehr kam, konnte dem gärenden Feuer Einhalt geboten werden.

Da lag er nun, ein Ast, dick wie ein Ochsenleib und mehr als zehn Meter lang. Eigenartigerweise hatte der Blitz in den untersten Ast eingeschlagen. Seltsam, weil sich ein Blitz normalerweise den kürzesten Weg zwischen Himmel und Erde sucht. Unglücklich, weil es der *Einstiegsast* war. Jener Ast, der sehr hilfreich war, wollte man die Eiche erklimmen. Livia war das einerlei. Auf den Baum zu klettern war ihr schon lange nicht mehr möglich. Ihre Sorge galt Saiopara. Wie erging es ihr mit solch einer Wunde? Doch der junge Baum beruhigte sie. Mit knapp zweihundert Jahren war sie noch im besten Eichenalter und strotzte vor Kraft. Der Verlust eines Astes war unangenehm, aber weiter nicht schlimm. Anstatt Trübsal zu blasen, schlug Saiopara vor, aus dem Holz eine Bank fertigen zu lassen.

Mein Baummädchen ist in die Jahre gekommen, meinte sie aufmunternd, und es sei an der Zeit, sich um eine Sitzgelegenheit zu kümmern. Es konnte ja nicht angehen, dass sich eine ältere Dame wie ein Jungspund ins Gras lümmeln musste.

Zärtlich tasteten Livias Finger über das blankpolierte Holz der Bank. Tränen stiegen ihr in die Augen, unbewusst und ohne ihr Zutun. Livia schmunzelte; in ihrem Alter war jede Freudenträne ein Segen.

„Sie ist ein Teil von dir", flüsterte sie und dachte an all die Momente in ihrer Kindheit, in denen sie vergnügt auf dem dicken Ast gesessen hatte. „Ist so lange her!", murmelte Livia, und wieder kullerten ein paar kleine Tränen über ihre Wangen.

Setz dich!

Zögerlich hob Livia den Kopf und blickte die Eiche dankbar an. Dann nickte sie unmerklich und ließ sich auf der Bank nieder. Auf das, was dann geschah, war sie nicht vorbereitet gewesen. Livia glaubte, ihr Herz müsse vor lauter Glück zerspringen. Augenblicklich wurde sie von einer wunderbaren Energie durchtränkt. Sie nahm sie in Besitz und erfüllte sie mit Freude und Zuversicht. Dankbar schloss Livia die Augen und spürte Saiopara in jeder Faser ihres Körpers.

„Danke", wiederholte sie laut. „Ich habe nicht mehr daran geglaubt, dass ich dir nochmals so nahe sein kann. Es ist viel intensiver, als wenn ich dich umarme!"

Verwundert dich das wirklich? In diesem Ast steckt so viel Gemeinsames, so viel Erinnerung. Als ob ich nicht fühlen und empfinden könnte. Du bist ein Teil meiner Geschichte und ich ein Teil deiner. Was wir erlebt haben, verbindet uns.

Zustimmend fuhren Livias Finger über ein dunkles Astloch.

Ich war so lange weg. So viele Jahre getrennt von dir. Oft hatte ich mir gewünscht, dich an meiner Seite zu haben.

Ein lautes, vergnügtes Lachen hallte in Livias Kopf wider. *Als im Boden verwurzeltes Wesen bin ich leider nicht in der Lage, mich von der Stelle zu bewegen.*

Livia nickte. *Daran habe ich oft gedacht. Wie schwierig muss es sein zu überleben, wenn man sein ganzes Leben auf ein und derselben Stelle verbringen muss!*

Die Eiche knarzte. *Das ist sicherlich unsere größte Herausforderung. Wir können weder vor Gefahr fliehen noch uns einen Schluck Wasser holen, wenn wir Durst haben. Wir können auch nicht umziehen, wenn der Boden um uns karg wird. Um zu überleben, mussten wir andere Lösungen finden.*

Verblüfft wandte Livia den Kopf und blickte hinauf in das Blätterdach. *Und wie habt ihr das gelöst?*

Wie alle Wesen müssen wir das Beste aus dem machen, was uns zur Verfügung steht, und so haben wir eine Vielzahl von Sinnen entwickelt, übrigens mehr, als ihr Menschen besitzt. Ihr könnt riechen, schmecken, sehen, hören und Dinge ertasten. All das können wir auch, aber um zu überleben müssen wir zusätzlich in der Lage sein, ein umfassendes und detailliertes Verständnis von unserer Umgebung zu gewinnen, ohne sie zu sehen oder zu erkunden. Wir verfügen über hoch entwickelte, sensorische Fähigkeiten, um an Nahrung zu gelangen und Gefahren frühzeitig zu erkennen. Wir riechen Chemikalien in der Luft, schmecken sie auf unserer Rinde, erkennen Licht und Schatten und ertasten mit unseren Wurzeln Steine und Hindernisse im Erdreich. Obwohl wir keine Ohren haben, können wir sehr gut hören.

Stimmt, dachte Livia. Sie konnte sich an einen Artikel erinnern, den sie vor Monaten gelesen hatte. In einem Versuch hatte man einer Pflanze die Geräusche einer fressenden Raupe vorgespielt, worauf sie in ihren Blättern umgehend chemische Abwehrstoffe produziert hatte.

Es ist ähnlich wie bei einem Eisberg, fuhr Saiopara fort. *Wir sind viel mehr als nur das, was man im ersten Moment wahrnimmt. Die Spitzen unserer Wurzeln erspüren Feuchtigkeit, Licht, Schwerkraft, Druckunterschiede, die Härte des Bodens, aber auch Elemente wie Stickstoff, Phosphor, Salz oder Mikroben. Über unsere Wurzeln können wir chemische Signale mit benachbarten Pflanzen austauschen. So wissen wir, wo giftige Substanzen im Boden verborgen sind, wo wir Wasser finden und welche Pflanzen uns umgeben. Wir sind ein komplexer Organismus. Millionen von Pflanzen, Millionen von Tieren sind eng miteinander verwoben und helfen sich gegenseitig. Einem Schwarm gleich sammeln wir all diese Informationen und entscheiden dann, wohin wir unsere Wurzeln senden, unsere Blätter ausrichten oder unseren Samen auf die Reise schicken.*

Heißt das, eure Wurzeln sind unter der Erde miteinander verknüpft?, wollte Livia wissen.

Manchmal, doch meist nutzen wir unterirdische Geflechte, wie Pilze. Über dieses Wood-Wide-Web können wir nicht nur Informationen, sondern bei Bedarf auch Mineralien, Wasser, Stick- oder Kohlenstoff austauschen. Hierbei fungieren die älteren Bäume unter uns als Knotenpunkt. Diese Mutterbäume kümmern sich darum, dass junge, beschattete Bäume, die nicht ausreichend mit Licht versorgt werden, trotzdem Nährstoffe erhalten.

Livia brummte nachdenklich. Das war weit mehr, als sie sich in ihren kühnsten Fantasien hätte vorstellen können. *Aber wie kommuniziert ihr miteinander?*

Ja, erwiderte Saiopara, *wie machen wir das nur, wo wir doch nicht sprechen können? Stell dir ein komplexes, verbundenes Netzwerk vor, das eigenständig operieren und sich gegenseitig bei Bedarf stärken kann. Ein Wald, in seiner ursprünglichen Form, ist eine sich selbst reparierende Einheit.*

Ungläubig schüttelte Livia den Kopf. Der Gedanke war faszinierend, aber nur schwer nachvollziehbar. Saiopara spürte ihre Zweifel.

Vielleicht verstehst du es besser, wenn du einen Blick auf den bewaldeten Hügel rechts von uns wirfst.

Livia tat wie ihr geheißen. Der kleine Berg, von dem Saiopara sprach, hatte eine rundliche Form und war vollkommen bewaldet. Wie ein entlaufener Farbklecks lag er inmitten weitläufiger Wiesen und Felder, die sich bis zum Horizont erstreckten.

Stell dir vor, fuhr Saiopara fort, *die Bäume wären Haare.*

Im ersten Moment verstand Livia nicht, was Saiopara von ihr wollte, aber je länger sie den *behaarten* Hügel betrachtete, veränderte sich ihre Wahrnehmung. Plötzlich war es kein Berg mehr, sondern ein Kopf.

Ich spüre, dass du den richtigen Schluss gezogen hast, bemerkte Saiopara, *mit einem Unterschied. Im Gegensatz zu den Haaren sind wir Bäume Lebewesen. Als einzelnes Individuum sind wir nur bedingt lebensfähig, im Wald jedoch sind wir stark. Unsere Wurzeln reichen weit in die Erde hinab und stehen im ständigen Austausch miteinander. Dort, unter uns, laufen alle Informationen zusammen.*

Erstaunt senkte Livia den Kopf und betrachtete die Erde zu ihren Füßen. Zögerlich klopfte sie mit einem Fuß auf den Boden. *Das hört sich an, als ob ihr auf dem Kopf stehen würdet und euer Gehirn sich unter der Erde befände.*

Saiopara musste lachen. *Das Bild ist gar nicht so verkehrt. Wie auch ihr, versuchen wir unser Gehirn, wie du es nennst, zu schützen.*

„Aber wie könnt ihr euch denn wehren" flüsterte Livia, „wenn du zum Beispiel von Raupen befallen wirst?"

Gute Frage. Weglaufen können wir schon mal nicht. Aber einige von uns haben andere Möglichkeiten. Wenn wir rechtzeitig gewarnt werden, können wir Gifte erzeugen, die unsere Blätter ungenießbar machen. Einige von uns …

„Warte!", rief Livia, die jetzt aufgestanden und sich zu Saiopara umgewandt hatte. „Das mit den Blättern weiß ich schon, aber wer warnt euch denn?"

Wir selbst. Die Sprache der Bäume besteht aus Düften. Damit animieren, verführen, locken, schrecken wir ab. Einige von uns können Duftstoffe ausstoßen, die Informationen über das angreifende Insekt oder eine hungrige Raupe enthalten. Wenn dies geschieht, versetzen sie ihre Blätter mit bitteren oder ungenießbaren Stoffen. Manche von uns können sich auch Beschützer zu Hilfe holen.

Verwundert trat Livia einen Schritt zurück. *Ihr könnt was? Das hört sich an wie Pflanzen-Bodyguards!*

Ja, so könnte man das nennen. Es gibt Duftstoffe, auf die Wespen ganz versessen sind. Wenn diese in einer Notlage ausgestoßen werden, kommen die Wespen in Scharen, und wenn sie dann schon mal hier sind, fressen sie auch gleich die Raupen auf.

Livia war verwirrt. In all den Jahren, seit sie Saiopara kannte, hatte sie nicht geahnt, dass Bäume oder Pflanzen so komplexe, ja eigentlich intelligente Lebewesen waren. Zum wiederholten Mal in ihrem Leben sah sie Saiopara in einem anderen Licht. Sie war viel mehr, als sie gedacht hatte. Nicht nur ein Baum, der mit ihr sprechen konnte. Nein, Saiopara war ein lebender, fühlender, denkender Organismus. Ein Lebewesen, dazu gezwungen, sein ganzes Leben an ein und demselben Platz zu verbringen. Sie konnte sich bei einem Unwetter nicht unterstellen, vor Feuer davonlaufen oder bei Kälte einen Mantel überziehen. Das erste Mal in ihrem Leben fragte sich Livia, wie hoch eine Art entwickelt sein musste, um mit all diesen Nachteilen tausende von Jahren alt werden zu können.

Verlegen trat sie von einem Fuß auf den anderen. Dann gab sie sich einen Ruck, eilte zu Saiopara und umarmte ihren Stamm. Im selben Moment knackte es. Livia schreckte zurück. Direkt zu ihren Füßen lag ein kleiner abgebrochener Ast.

„Das wollte ich nicht", entfuhr es ihr und schuldbewusst strich ihre Hand über Saioparas Rinde, nur um sofort wieder zurückzuzucken. Direkt vor ihr war in vergilbten Buchstaben ihr Name in die Rinde geritzt.

„Oh nein", flüsterte sie und erinnerte sich daran, wie sie sich als Kind mit ihrem Taschenmesser darin verewigt hatte.

Was ist los?, wollte Saiopara wissen.

Ich ... Es tut mir leid.

Was tut dir leid?

Der Ast und ... und dass ich meinen Namen in deine Rinde geritzt habe.

Halb so schlimm, Baummädchen, ich habe schon weit Schmerzhafteres erlebt.

„Du kannst also Schmerzen empfinden?", entfuhr es Livia, der im selben Moment klar wurde, dass diese Frage unheimlich dumm war.

Aber natürlich! Wenn wir das nicht könnten, wären wir schon lange ausgestorben. Wer keinen Schmerz fühlt, ignoriert die Gefahr und wird deshalb nicht überleben. Schmerz zwingt jedes Lebewesen, sich anzupassen.

„Oh Gott", entfuhr es Livia, „und wir essen und verbrennen euch Pflanzen!"

Ihr esst auch Tiere, und Tiere essen Pflanzen, und Pflanzen essen wiederum Tiere. Das ist der Lauf der Dinge. Wir leben in einer Welt, in der wir uns zum Überleben von anderen Organismen ernähren müssen. Die Natur ist grausam. Nur wer sich anpasst und vermehren kann, wird überleben. Ihr nennt das Evolution.

Livia war bleich geworden, trotz Saioparas Versuch, sie zu beruhigen.

„Wir züchten Bonsai!", flüsterte sie leise und dachte an ihr Haus in Barcelona. Sie selbst hatte zwei wunderschöne Bonsai besessen.

Durch den mächtigen Stamm der Eiche lief ein leiser Seufzer. *Ja*, hörte Livia Saioparas Gedanken, *das ist nun wahrlich eine der dunkelsten Leidenschaften, die sich das menschliche Gehirn für uns Pflanzen ausgedacht hat.*

Mit einem Mal war Livia ganz elend zu Mute.

Schau nur, flüsterte Saiopara plötzlich, *welch schöner Sonnenuntergang!*

Livia hob den Kopf und ließ ihren Blick über das weite Tal gleiten. Ihr Dorf lag friedlich zu ihren Füßen. Vereinzelt konnte man Leute erkennen. Ein Hund rannte bellend über eine frisch gemähte Wiese und verschwand sogleich in einen Heuschober. Die Luft war klar und ein rötlicher Schimmer hatte sich auf die felsigen Bergspitzen gelegt. Livia verstand, was Saiopara ihr sagen wollte. *Bleibe im Jetzt. Genieße den Augenblick und mach dir keine Sorgen.*

„Alles hat seinen Sinn, auch wenn es oft ganz anders kommt, als man denkt", sagte Livia mit fester Stimme.

In diesem Moment wurde ihr klar, dass sie endlich angekommen war. Dort, wo alles begonnen hatte, würde es auch enden – oder auch nicht. Was wusste sie schon? Vielleicht, dass sie morgen wieder kommen würde? Und übermorgen. Das war ein guter Plan, befand sie und lachte laut.

Wir werden sehen, stellte Saiopara fest und ließ ein paar Blätter auf Livia herabregnen.

--

Müde blickte Livia ihren beiden Kindern hinterher. Simon drehte sich noch einmal um und winkte ihr zu. Ungefähr zweihundert Meter von ihr entfernt setzten sich die Geschwister ins Gras und warteten.

Jetzt war sie allein. Nein, nicht allein. Saiopara war bei ihr. Eingehüllt in einer dicken Decke saß Livia auf ihrer Bank und schloss die Augen. Wie immer, wenn sie das tat, spürte sie sofort die Magie der Eiche. Kraftvoll floss Saioparas Energie durch ihren alten, zerbrechlichen Körper.

Lass gut sein, meine Liebe, dachte Livia und ein leichtes Lächeln umspielte ihre Lippen. *Wenn du mir etwas Gutes tun möchtest, dann hilf mir bei meiner letzten Reise.*

Ist es schon so weit?

Ja, es ist so weit.

Wie wenig Zeit euch Menschen doch gegeben ist, erwiderte Saiopara und Bedauern schwang in ihrer Stimme mit.

Wenig? Livia gluckste leise. *Vierundachtzig Jahre ist doch nicht wenig. Was würden denn da die Mücken sagen?*

Hm, gute Antwort.

Danke.

Beide schwiegen, genossen es, sich noch einmal zu spüren.

Wir Menschen halten euch Bäume für weniger wertvoll, meinte Livia plötzlich. Es war ein Gedanke, der ihr zugeflogen war wie ein Schmetterling. Er schmerzte sie.

Ich weiß, erwiderte Saiopara und ihre Stimme war ganz mild. *Ich glaube, das liegt an eurer Arroganz gegenüber allen anderen Lebewesen und dem Umstand, dass sich unser Leben in*

73

viel langsameren Zeitdimensionen abspielt. So langsam, dass ihr den aus unserem Handeln resultierenden Erfolg nicht anerkennen könnt.

Livia nickte. Zeit? In den letzten elf Jahren hatte sie viel davon gehabt. Endlich. Fast jeden Tag hatte sie Saiopara besucht. Der Austausch mit ihr war ihr ein fortwährendes Staunen gewesen. Das Nachdenken und Nichtstun hatte alle Wunden in ihr geheilt. Sie fühlte die Zerbrechlichkeit ihres Körpers und doch war sie dankbar für die Kraft und Zuversicht in ihrer Seele. Letzteres erachtete sie inzwischen als wesentlich wertvoller.

Einen Schmetterlingsschlag später verdunkelte ein weiterer Gedanke ihren Frieden. Betrübt wandte sie sich an Saiopara.

Ich habe Menschen gesehen, die tausend Jahre alte Bäume in wenigen Sekunden zerstört haben. Zerstört für Dinge von geringem Wert. Pflanzen geben uns seit Anbeginn der Zeit Luft zum Atmen. Müssen wir erst alle Wälder vernichten, bevor wir das verstehen?

Mach dir keinen Kopf, Livia. Der Wald wird euch Menschen überleben. Egal, wie sehr ihr Gaia auch verletzt. Die Samen des Waldes ruhen in der Erde. Verborgen und sehr geduldig. Ein paar hundert Jahre, und alles wird wie früher sein, mit oder ohne Menschen.

Livia nickte in Gedanken, sie war einfach zu müde, um sich zu bewegen.

Vergiss nicht, fuhr Saiopara fort, *Pflanzen sind die dominierenden Spezies auf dieser Erde und machen fast neunundneunzig Prozent der Biomasse aus. Verglichen damit sind die Menschen und alle Tiere nur ein homöopathisches Lüftchen.*

Gedanklich stand Livia auf und verneigte sich vor der Eiche. In unendlicher Liebe betrachtete sie den großen

Baum. „Du bist größer als all meine Sinne", flüsterte sie und verneigte sich in Demut.

Ohne es zu bemerken, war Livia etwas zur Seite gekippt. Sie lag jetzt mehr auf der Bank, als dass sie saß.

Ach Saiopara, ich bin so müde.

Bist du zufrieden?

Livia wackelte leicht mit dem Kopf. Zufrieden? Was für ein großes Wort. Zufrieden? Livia musste lange nachdenken. Wie in einem Film zogen Teile ihres langen Lebens an ihrem inneren Auge vorbei. Am Ende saß sie auf dieser Bank und blickte zu ihren beiden Kindern hinunter. Sie sah ihre sieben Enkelkinder, obwohl sie nicht da waren, aber sie wusste, dass es ihnen gut ging und sie bald eigene Familien gründen würden. Oder auch nicht. Es kommt, wie es kommt.

„Ja", flüsterte sie, und wie zur Bekräftigung nickte sie. „Ich bin zufrieden, Saiopara, Licht meines Lebens."

Dann, mein Baummädchen, ist es an der Zeit zu gehen.

Noch einmal öffnete Livia die Augen und ihr Blick weilte bei Simon und Sarah. Erfreute sich an ihren Gesichtern. Sie nickte dankbar. Dann schloss sie die Augen und verließ diese Welt.

--

Ein Licht von unsagbarer Schönheit umgab Livia. Alles war leicht und ein Gefühl von tiefster Liebe pulsierte in ihr. Sie war eins mit diesen warmen, leuchtenden Farben, die sie umgaben wie der Ozean einen Fisch. In einer großen Spirale glitt sie nach oben. Sie hatte keine Ahnung, wohin sie schwebte und wie lange die Reise noch dauern würde, aber sie wusste, dass es gut war.

Und plötzlich war da Vertrautes. Eine Vielzahl von Gefühlen drang auf sie ein und ließ sie verstehen, dass alles eins war. Alex, Simon, Sarah, ihre Enkel, ihre Eltern, Saiopara, der Wind, das Meer, die Sterne, das Universum. Es gab kein Getrenntsein.

Wenn man Glück beschreiben könnte …

--

Die Ruhe war göttlich. Eine warme Brise fuhr durch ihr Kleid und ließ sie erschauern. Zufrieden reckte sich Livia und gab sich den zarten Fingern des Windes hin. Sie konnte sich treiben lassen, denn Livia wusste um ihre Perfektion. Ein Sturm, so stark, dass er sie hätte entwurzeln können, war nicht in Sicht. Sie würde es ohnedies rechtzeitig erfahren, wenn dem so wäre, und dann ihre Vorkehrungen treffen. Sie hatte früh gelernt, dass die Kunst eines Baumes darin bestand, im Gleichgewicht zu bleiben. Wurzeln und Astwerk bildeten eine perfekte Symbiose. Das musste so sein, schließlich konnte man ja keinen Ausfallschritt machen. Manche ihrer Artgenossen nahmen das nicht so ernst und missachteten dieses Gleichnis, nur um mehr Aufmerksamkeit zu bekommen. Ein allzu menschliches Verhalten. Nun, sie würden schon sehen, wohin das führte.

„Auch ein Menschenleben ist wie ein wuchtiger Baum", dachte Saiopara und schmunzelte: „Weit ausgreifend in seinen Möglichkeiten, im Gestalten seines Raumes, geprägt von Ordnung im urwüchsigen scheinbaren Chaos. Und doch kann es nur so üppig wachsen, wenn es starke Wurzeln hat. Das eine sieht man, an das Andere denkt kaum einer."

In diesem Frühjahr befand sich Livia in ihrem hundertvierunddreißigsten Baumjahr. Exakt dasselbe Alter, in dem sich Saiopara befunden hatte, als sie sich in ihrem vergangenen Menschenleben kennengelernt hatten. Wie anders doch das Leben als Baum war. Im Vergleich zu dem hektischen, unsteten Treiben der Menschen ein wahrer Genuss. Das Dasein als Baum war wesentlich entspannter, es genügte, sich dem Sein hinzugeben und die Welt zu beobachten. Man saß die Dinge einfach aus

– oder auch nicht, dann endete man als Brennholz, Schreibtisch oder im Darm eines Wurms. Wie auch immer.

Wie nimmt man die Welt wahr, wenn man tausend oder mehr Jahre leben darf? Wie fühlt es sich an, sein ganzes Leben auf einem kleinen Stückchen Erde zu verbringen? War die unbewegliche Ruhe eines Baums ein Fluch oder ein Segen? Wie würde es sein, mit Gaia zu sprechen? Diese und andere Fragen hatten Livia keine Ruhe gelassen. Sie glaubte, dass das Leben als Baum so viel mehr zu bieten hatte als die fortwährende Ruhelosigkeit der Menschen. Saiopara hatte in ihrer Seele etwas angestoßen, was sie selbst erfahren wollte, und so hatte sie sich entschieden, auf die Erde zurückzukehren. Gern wäre sie neben ihrer Freundin aufgewachsen, sozusagen als Nachbarbaum. Aber das hatte leider nicht geklappt. Vermutlich war es wichtig für sie, dass sie diese Erfahrungen allein machte. Sicherlich war es das.

Gelegentlich fühlte sie die Präsenz ihrer Freundin. Jedoch weit entfernt und bruchstückhaft. Doch was von Saioparas Energie zu ihr durchdrang, war kraftvoll und klar wie ein Gebirgsbach. Irgendwo da draußen stand ihre Weggefährtin eines vergangenen Lebens. Livia wusste, dass sie eines Tages in der Lage sein würde, sich mit Saiopara auszutauschen. Es würde noch dauern. Zehn, fünfzig, vielleicht auch hundert Jahre. Es spielte keine Rolle.

Zeit ist eine genügsame Dimension, und deren Meister sind die Bäume.

ENDE

Danksagung

Ihr wart lange vor uns da
und werdet diese wunderbare Welt noch verzaubern,
wenn der letzte Mensch nur noch Geschichte ist.
Das beruhigt mich.
Dafür danke ich eurem Schöpfer, wer immer es ist.
Das Edle sollte überdauern!